；，。

閻連科

沉默与喘息

我所經歷的中國和文學

讓我說話

日漸地發現，真正的說話，是人的靈魂的呼吸。而我們日常的言說，只是肉體和生命活著的交流和傳遞。僅是一種聲音而已。因此，也就不斷地自問：我說過話嗎？

我會說話嗎？我都說過一些怎樣的話呢？

二〇一三年的三、四月間，我用二十幾天的時間，如蜻蜓騎馬般的輕淺和捷快，從美國的柏克萊大學到溫哥華的UBC，之後返轉德州大學、北卡大學、杜克、耶魯和哈佛，一路下來，最後是紐約大學、斯沃斯莫爾學院和羅格斯大學，瘋了一般，走、走、走！講、講、講！馬不停蹄，口無歇息；如同人為堤壩的水庫，終於決堤後又橫流潰歸於山川的河道。講那些平俗在中國總是去想而不曾講、不敢講、也不願講的；講那些在我頭腦中一閃而過時被我伸手抓住的——這我才對自己有所領悟：

你原是一個不會演講而又偏愛說話的客家，如一種不會唱歌卻愛四處鳴叫的鳥話。我

嘲笑自己，也愉悅自己。發現講話會給人帶來一種快感；發現講話那些平素不講、不願、不敢講的話時，會讓人的靈魂顫抖、哭泣、微笑和進入更為長久的沉默與喘息。

我們沉默久了，似乎已經不會講話，也不願講話，如同總是吃飽就睡的豬狗。

我們對命運中的現實視而不見，不言不語，最後不僅不會講話，也不會想念，不會思考，如同總是吃飽就睡的豬狗。

這次在美國十幾所大學的奔跑，為了奔跑而言說，為了言說而奔跑，就終於使我發現，我原來也是一個愛說話的人，也是一個有想念的人，和豬狗有所差別的人。

於是，就又問自己，此前你在你的生活裡，每天都在說呀說，其中有多少是廢話和虛話（還有假話）？這次你每天都在說呀說，其中拋掉了多少廢話、虛話和現實的修飾話？美國沒多好，只是「讓我說話」的機緣，使我有一種浸入內心的感念。

手持護照在他國的奔走，是我對每一處「讓我說話」的緣場，都有感念的謝意。

遠行，不僅是一種行旅，還是對說話的渴求。

我似乎是為了說話而遠行，如一隻飛出城廓而報信鳴叫的雀鳥。

因為終歸是一隻鳥，沒有為預備鳴叫而腹言，也就在一路的奔波飛息中，努力讓這次的說話，最好不是上次的疊言。每一次，不知能說出多少真話來，但一定要自己

不說出諂言和假話；說不出人人都默許的真話來，但一定要自己說出自己以為的真話來。這本《沉默與喘息——我所經歷的中國與文學》，就是這次在美國各大學一路演講後，根據口袋留下的紙條與賓館紙簽上寫的三言五句的提綱，加之回憶的補缺，而成全的所謂的一本書吧。凌亂，但實在；聒噪，卻也誠實。

感謝給我說話機緣的許多朋友；感謝翻譯和出版《沉默與喘息》的美國、日本、韓國的同道；不為會說話而乖巧，只為能說話而努力。

二○一四‧三‧十九

目次

01

國家失記與文學記憶

在強有力的意識形態籠罩下，那半開的窗口是被意識形態籠罩監督的。沒有人可以監督國家的意識形態，而國家的意識形態卻無時、無處不在監督著知識分子每個人的言與行、口與筆。

一、失憶與失記

二〇一二年三月，我在香港相遇瑞典教授、漢學家羅多弼（Torbjörn Lodén）先生，他告訴我說，他在香港的城市大學短期教書，面對教室中的四十個都出生於八〇年代的中國留學生，他問他們：「你們知道中國的『六四』和劉賓雁與方勵之先生嗎？」那些來自中國大陸的學生們，面面相覷，一片啞然。於此同時，我想起香港的另一位老師告訴我，有次她問來自中國大陸的學生們：「你們聽說過在那場所謂的三年自然災害中，中國餓死了三千萬到四千萬的百姓嗎？」她的這個問題，讓那些學生們不禁啞然，而且面帶驚愕的疑惑，彷彿這位香港教師，正在講台上公然編造中國的歷史，攻擊他們正在日漸崛起的祖國。彼此談完這些事情，我和羅多弼先生坐在一家安靜的越南餐廳，長久相望，不能聲言。自此之後，一個早被人們私下議論——而非公然討論的那個中國問題：國家性遺忘，便如楔子樣楔入我的頭腦和骨血的縫隙，時時憶起，都會隱隱聽到體內淌血的一絲聲息，都會有與國家遺忘相關的一連串的問題，馬隊般踏著記憶的血道，來到我自責的廣場⋯

那些出生在八〇、九〇年代，而今都是二十五至三十歲的中國的孩子們，是否真的成了遺忘的一代？是誰在讓他們遺忘？他們被遺忘的方法是什麼？我們這些有著記憶的前輩，應該為他們的遺忘承擔些什麼責任？

清理這些問題的時候，感覺這種遺忘的稱謂，在中國應該被稱為「失記」更準確。因為遺忘更多的是讓記憶拋棄過去和歷史，而失記，則包含著「對現實與歷史有選擇的拋去和留存」，甚至還包含著「今天對記憶的新創造」。是的，正是這個失記的境況，在我們的國家，讓新一代的孩子們，成了記憶的植物人。歷史和現實，過去與今天，都正在失記和被失記，正在被一代人所齊整、乾淨、力求不留痕跡的遺忘著。失記和遺忘、真相與失憶，每天都在備受關注的一些語言、文字、頭腦中發生著衝撞和爭奪。我們一直以為，歷史與人類的記憶，最終會戰勝暫時的忘卻，而回到良知的真相中。而事實上，事情恰恰相反。在今天的中國，遺忘戰勝了記憶，虛假戰勝了真相，臆造成為了歷史和邏輯連接的鏈條和接口，就連今天剛剛目睹發生的事情，也在以驚人的速度，被選擇性失記所拋棄，只剩下一些真假難辨的碎片，殘留在社會、生活和人們的頭腦中。而這些碎片，也會在明天不期而到的到來後，被自然和人為地置入快速失記的籃筐，高高掛在人們視力所不及的黑暗之角落。

二、什麼被失記

必須承認，這個國家在一九四九年誕生之後，革命和被革命每日都在襲捲著這個泱泱大國。革命在創造政權，創造歷史，創造現實，也「創造記憶」。而記憶和被記憶，自然失記和被迫性失記，都在國家性的「失與記」的範疇中，成為一種革命的選擇與手段，被有序漸進地推進和實施。封建歷史的一切，因為都是封建的，帝王將相的，當然就不再提它了。辛亥革命也已經遙遠了，把孫中山的名字留下來，而與這個名字相關、無關的重大事件和歷史之細節，也都從史書和教科書中有選擇地刪去著。就是今天還活著的中國老人都還歷歷在目的軍閥混戰、抗日戰爭，共有哪些黨派、軍隊、志士在內槓、抗日、流血和犧牲，也都被有選擇地記住和遺忘。這一關於失記的行為，是一種國家性策略，及至到了後來，這個國家在以一個人的瘋狂與熱情，帶動著整個民族沸騰的革命和建設中，最早以運動延續戰爭，以革命替代生產的發生在一九五一至一九五二年的「三反五反」（反貪污、反浪費、反官僚主義和反行賄，反偷稅漏稅，反盜騙國家財產、反偷工減料、反官僚主義），在今天看來，在四九年後的中國所有的革命運動中，

是最具現實意義的一次，但因為革命者的熱情和戰爭年代在革命者身上延續的「槍桿子裡面出政權」的成功經驗，這場運動從一開始就被普及和擴大。許多地方都在分配著革命和監的人頭指標，不是你有沒有這「三反五反」的革命對象，而是你必須有這樣的革命之對象。因為「三反五反」在四九年後新中國革命運動的首次意義，為一九五七年民族災難的「反右」清理，奠定了實踐基礎，因此，關於它和那場讓所有中國知識分子直到今天想來都還不寒而慄的「反右」運動，就被強制地從人們記憶的庫房移向了失記的倉庫。從此，人們就不可以再在記憶語言中談論提及了。而後的大躍進、大煉鋼鐵與隨之而來的遍及整個中國、據統計餓死有三到四千萬人口的所謂「三年自然災害」，以及讓整個世界都隨之起舞的十年「文革」，都因其荒誕、殘酷、廣眾和令整個人類都為之震驚和啞然，因此而不敢、不能、也不願再去還原這一歷史的真相。

延續到中國的改革開放之後，和越南那場百姓、人民、軍隊都不知因何而起的戰爭，無論中國或越南到底陣亡了多少士兵和死去多少無辜的生命，也是隻字不再去提了。發生在一九八三年的那場暴風雨式的「嚴打」，所謂法律，就是權力的上牙和下牙的一次敲碰，因此有多少年輕相愛的戀人，因為在街頭親吻，而被當作流氓送進了監獄，有多少人因窮盜物而人頭落地，也不再回頭追問了。

當然，一九八九年夏天那場讓整個世界到今天都還記憶猶新的「六四」學生運動，當它以槍聲、流血和流亡作為尾聲時，世界所有記憶的展台上，都還鮮擺著事件的真相和細節，可卻在它所發生的國度裡，人們和孩子們，都在經濟高速發展，國力快速強盛的歡呼中，對它感著陌生了，開始忘卻了。那時的記憶，對許多當事的目擊者，都如觀看了一場恍若隔世的夢境劇；而那些曾經熱血沸騰的參與者，當年的年輕人，今天人生成功或失敗的中年們，也就一字而了結：「傻」！一個「傻」字，對自己行為的自嘲和對失記的滿足，已經了斷和遮蔽了個人命運、集體記憶和民族歷史中最為血痛的瘡口。

還有什麼呢？還有今天所發生的一切，爆發在改革開放時期面際之廣、人數之眾，讓人無法查考的因賣血而起的愛滋病；黑煤窯、黑磚窯，隔三錯五的瓦斯爆炸和大塌方；毒餃子、毒奶粉、毒雞蛋、毒海鮮、地溝油和遍布甚廣的含有嚴重致癌物的青菜、水果和昨天計畫生育中的暴流產（指計畫生育中殘暴的流產方式），今天城市、鄉村無處不在的強拆和對上訪人員惡截的不法與無禮，如此等等，現實中所有有損國家形象與權力機制的負面事件，都會迅速因強制性失記而成為昨日之煙塵，在一切報紙、雜誌、電視、網路和可有文字記憶的地方通過刪去、禁言的方式，達到失記的目的。

失記不是所有人的病症和意志之特徵，而是國家管理的策略和社會制度的一種必

然。其最有效的途徑，就是在意識形態中實行禁言的政策和方法；通過權力的控制，割斷一切可以延續記憶的管道，如史書、教材、文學和一切文藝的表現與表演。原北京大學的教授張中行先生有句名言：「如果我們不能說話，總是可以沉默；不知道該說什麼，總是知道不該說什麼。」費孝通先生在年老時去看望錢鍾書的夫人楊絳，離開時楊絳送他下了樓梯一語雙關道：「你年紀大了，以後不要再『逆風而上』了。」這些話今天聽來都是美談，但卻包含了中國知識分子多少在沉默中的心酸。我們有時會給沉默一種高尚的評價：「沉默是一種無聲的反抗。」但是沉默畢竟不是發聲，不是行動，如同長久不語就可能成為真的啞巴樣，沉默久了，也就可能成了默認、認同和走入血液的習慣，成為國家失記惡措的推手和助化劑，成為那些讓你強制失記的人的贊同者或歌頌者。默認起來，全民失憶——這並不是哪個國家的獨創和獨有，世界上凡是獨裁、集權的國家，或某一集權的歷史階段，無不是採用這種繩索、鐐銬對語言的壓迫，從而使那些記憶良好的知識分子們，首先沉默和失記，漸次地再在集權所統治、禁囚的時間中，把失記擴展到民間、基層和百姓的生活裡。因此，當下一代對此一無所知後，這種強制性失記就大功告成了。歷史就被完美地重新改寫了。

三、失記之方法

強制性失記，是一種強漢對弱女的姦淫，其強漢的暴行，其實了無新意，一如某種動物對自己領地的捍衛。沒有這種捍衛，也就沒有那種動物的生存和生命。而集權之所以會在意識形態中採用對歷史和現實的強制性失記，也正是集權對集權的鞏固之必須。

然在今天的中國，問題並不能籠統、簡單地歸咎為國家與權力，還要去質問那些在強制性失記中心甘情願的知識分子們。他們甘願漸次地失去記憶，而最終達到權力所需的完全的忘記，這才是中國知識分子與其他國家、民族和歷史最大的不同。以作家而言，前蘇聯的白色恐怖，其目的也是為了集權、獨裁而採取著「文字獄」的遺忘之法，可結果，在那兒卻產生了布林加科夫、索忍尼辛、帕斯捷爾納克和雷巴科夫等等一大批的作家和作品。他們的寫作，與其說是對權力、制度的抵抗，倒不如說是對記憶、遺忘的修復和療救。昆德拉的《遺忘》，是直接探討強權對他的國家和民族記憶的傷害和剝奪；匈牙利作家雅歌塔‧克里斯多夫的《惡童三部曲》，則把民族最黑暗的記憶，拉至一切有著陽光照曬的地段去。凡此種種，不一而足。而中國——今天的中國，已經絕非三十

幾年前的那個如今日之北韓樣的國度，一切通向光明的門扉、窗口都是關閉、鎖死的。

今天的中國，一扇窗子（經濟）是向世界開放的，而另一扇（政治）則因權力對其社會、人們的管理之需要，是關閉或窮力關閉的。問題就在這兒。與記憶、遺忘相關的中國式的國家失記的獨特性，就在這半開半閉的窗間與巧妙裡。

首先，在強有力的意識形態籠罩下，那半開的窗口是被意識形態籠罩監督的。沒有人可以監督國家的意識形態，而國家的意識形態卻無時、無處不在監督著知識分子每個人的言與行、口與筆。其次，因為那打開的一扇窗子有陽光透進來，世界之風、之光也就無可阻止地進來了。可以讓人感受到改革、開放和開明了。法律在記憶和遺忘中沒有具體意義，幾乎形同虛設，它既不保護言論自由、新聞自由、出版自由和作家想像的自由，也不保護那些不願失去記憶的人們有記憶的權力。一切都寄希望領導人的開明和道德之情操。而這已經打開的窗扇和門扉，與其說是知識分子的思考換來的，不如說是權力在開明時候恩賜的。因為它確實來之某些人物的開明和恩賜，人們就易於滿足並在失記與記憶中表現出要求的謙遜。所以，有了這半扇、一扇打開的窗口，就不再特別向權力渴求、呼籲、爭鬥也把那本該打開的另外半扇、一扇窗口的權力還給人們了。一如長久關閉在黑暗監獄中的人，已經給你打開了一扇透光通氣的窗戶後，難道你還有權力要

求獄門大開嗎？於是，有選擇的記憶，就在這打開的窗口進出流動著；必須的失記，就永遠被封閉在了那扇關閉的窗戶後。這就是今天中國的作家和知識分子們，甘願在規定可選擇的記憶中寫作和被迫性失記中沉默和忘記的客觀環境與根由。對失記的心甘與情願，是一種智者的集體妥協，是群體記憶放棄後的相互理解與彼此心照不宣的認同。今天已經有我可呼吸的空氣了，也就不需要再為明天的春日清風去做那無謂的犧牲了。讓記住的就記住，讓失記的就失記。如同一個聽話的孩子，因為聽話和乖巧，反而會得到更多的寵愛和糖奶。第三，對失記的默認與贊同，還源自這個國家的富裕和獎懲。贊同失記的，無論你是作家、教授還是歷史學家、社會學家，只要你看到只讓你看到的，不去看那不讓你看到的；只要你的想像只去謳歌那需要你謳歌的，不去描繪那些需要遺忘、失記的；只要你的想像只去謳歌、歷史、現實需要你虛構、加工、創造想像的，而不要把想像的翅膀延伸到必須遮蔽、失記的土地和真實的天空中，那麼，就把權力、榮譽、金錢全都獎給你。反之，就把疏冷、禁言甚至獄牢獎給你（劉曉波和最近因在家庭為紀念六四聚會而被權力冠以「涉嫌尋釁滋事」而被捕的哲學家、教授、律師們就是如此）。在今天的中國，金錢總有一種無可比擬的強大和力量，它可以讓雙唇緊閉，讓筆水枯乾，讓文學想像的翅膀，借助金錢的力量，飛向反真實和良知的方向。然後，再以

藝術和藝術家的名譽，堂而皇之地完成歷史遺忘中的虛構和現實假象那有磚有瓦的華麗重建。在這兒，真相被埋藏了；良知被閹割了；語言被權力和金錢輪姦了。而被權力架空的時間，日復一日，年復一年，在幫助著國家性失記的完成；也在生養、培育著每個人的習慣性失記和對懷疑的懷疑。懷疑者總是受到懲罰，而甘願相信虛假與虛構的人，不懷疑黑色的下邊原來有著耀眼底白的人，他們把所有的獎勵都收入囊中了。於是，國家性失記的歷史之工程，也就大業告罄了。

在中國式的國家性失記策略中，強制性是全世界的共性和相通，妥協性與獎勵性，則是今天中國現實的獨有。三十多年前，中國對記憶者不肯失記採取的是完全的高壓和強制；而今天，這個富裕的國家，靈活而大方的運用著他大把大把的金錢，採取獎勵的方法，使你在記憶中妥協和放棄。在中國，就文學藝術而言，沒有一家民間或個人組織的國家獎項。幾乎所有的評比和獎勵，都是黨和國家的。有的獎項即便是地方單位的，這個地方和單位，也是黨的組織和國家體制管轄、管理的。所以，所有的文學、藝術、新聞和文化獎，也都是在失記和規定可選擇的記憶中操作運行的。不是說這些獎項是絕對的不公與不合理，而是說，它允許你在規定可選擇的範圍內創作、創造和想像。只要在這可選擇的範圍內，你有成就了，自然就可以獲得各種的美譽和獎勵。

中國作家協會和中國文聯以及各省、市一直到延伸普及到各縣、區的作家協會和文聯的主席、副主席，必須承認他們大都是這個國家、省市及縣區最有才華的作家和藝術家。在規定可供選擇的歷史、現實和真實的範圍內，他們中的多數，一邊沉默，一邊選擇，都在規定的失記和可選擇的記憶範圍中，發揮了最大的才華和創造力，創作出了讓失記的就賦予它一片看不見真相的黑暗，讓記憶的就給它一片光明和頌讚的被權力認同的「好作品」，因此他們都成了作協、文聯的主席、副主席。這些主席、副主席的席位，不僅是一種權力與待遇，而且在更大的情況下，是你在你所從事的藝術創造中的成就、榮譽和象徵。因此，那些有才華、有追求的作家與藝術家，在記憶與失記的選擇中，妥協了，沉默了。讓記住的記住，讓失記的失記了，成了可選擇記憶的實踐者。充其量，也就在必須遺忘的歷史邊沿和必須失記的現實的區域散散步、觀觀光，撿一些記憶的碎片，打一些無傷大雅的擦邊球，贏來一些令人尊敬的喝采。如此，既表現了一個作家、藝術家的所謂良知與勇氣，又體現了國家在政治與藝術上的開明、開放和在創作、創造上的自由與包容。而這在實質上，只是妥協的不安和對失記的象徵性表達，和真正的自由、良知、勇氣並不是十分關聯的。而這種對失記的象徵性抗爭，其努力的結果，是讓權力進一步以藝術與創造的名譽，助長著國家性失記策略的推進和擴

展。

四、文學對抗失記與失憶的延伸

最近，瑞典作家、詩人埃斯普馬克正在中國出版他的七卷長篇小說《失憶的時代》。其中的第一卷名字就叫《失憶》，寫了主人翁對他前半生包括愛情在內的一個人記憶的全面丟失和尋找。這是一部獨特而奇妙的小說，探討了個人記憶的來源和無來源以及在失憶（失記）中尋找記憶的過程和煩惱。在這部小說中，記憶成為了一種生存和生命，不光是一種時間和事物。它與中國式的失記所不同的是，中國式失記是一種國家行為，是國家權力對它的人民管理之策略，丟失的是民族的歷史和記憶，而失記者獲得的是金錢、權力和榮譽；是用自己的失記去國家和權力那兒領得一份誘人動心的換取物。而《失憶》則寫的是個人記憶，是一種個人對自己丟失的過去的行為、言說、物事的回憶和尋找。在中國讀者看來，無論作家本人在寫作中有何樣的思考、感悟和想像，但它在中國的出版——都是中國式失記的寓言和預言。是一個國家性失記在個人身上的表現和延續。我們在失記過程中，首先丟掉的是歷史中的民族記憶；然後再丟掉現實中

的一切事實與真相；第三步，每一個有記憶的中國人，就都該像《失憶》中的「我」一樣，失去自己對自己生平的記憶、對情人的記憶、對恩愛仇怨的記憶、對歡樂苦惱的記憶了。讓大腦中記憶的區域，成為一張潔淨的白紙，等待著社會、權力、他人依照他們的需要，重新去告訴你歷史是什麼樣子，社會是什麼樣子，你和你的過去是什麼樣子。

國家、權力和社會，渴望他們管理的人民——每個區域、階層和環境中的人，智商都如三至五歲的幼兒。他們希望對一個國家的管理，如同幼稚園中老師對孩子們的管教，讓他們吃了就吃，讓他們睡了就睡，讓他們娛樂了，他們就面帶天真、純淨的笑容，舉著頭大的紅花，在別人寫好的腳本上，投入自己的感情進行歌唱和表演。要達到這樣的目的，就只能讓有記憶的人失記，讓能表達的人沉默，讓成長中的下一代，腦子潔淨如洗，如同一張等待隨意塗鴉的白紙。然後，一個國家就有可能成為一個巨大的幼稚園，成為等待重新開墾並隨意沙漠或種植的處女地。可是，如同幼稚園中總有叛逆的孩子，總希望自己想做什麼就做些什麼，而不是老師讓做什麼，才去做些什麼。在這個國家，也一樣如此，總是還有那些不願失記的知識分子和作家們，他們總在爭取自己的發聲，爭取讓自己想像的翅膀，沿著靈魂、良知和藝術的途徑，飛越規定可以寫作的區域，到任何歷史與現實的角落，創造出承載記憶的作品來。

記憶不是衡量一部作品好壞的唯一標準，但卻是衡量一個國家、一個黨派、一個民族真正成熟的最有效的尺度。為此，我總是抱著一個作家天真如孩童般的幻想，延續著當年中國老作家巴金先生的最真如孩童般的記憶之夢：在中國建立一個文革紀念館——而今，中國已經改革開放了三十餘年，它該成熟了、完善了，該有著巨大的包容、自省、記憶能力了。

那麼，就不要單單是有人想到去建一個文革紀念館（連這個建館的建議今天也沒人再提了），就索性在世界上最為闊大、遊人最多的北京天安門的廣場上，建一座「民族失記碑」，刻寫下我們的國家自某一歷史時期以來的全部傷痛與記憶，如反右、大躍進、三年饑荒的人類之災，十年磨難的讓整個世界都聞之起舞的文化革命以及八九年的學生運動等，凡此種種的民族災難，都記刻在最醒目的廣場上，告訴所有、所有的人——國人與世人，我們的民族是完善的、成熟的，敢於記憶的。

因此，它也是真正偉大的、可敬的，敢為世人榜樣的。

02

沒有尊嚴的活著與莊嚴的寫作

在人的一切都被權力囚禁、牢籠的中國現實中，要在俗世中做人，要盡力不做世俗的人，我們如果不能百分百地做到，還是可以做到一部分或相當一部分。

回到十九世紀的俄羅斯文學中，如同倒退著回到一片高大密集的白樺林，風光不是從我們面前迎面而來，而是從我們身後的兩側，漸漸地滑行，分著左右兩片來到我們的眼前。占著一側風光的是托爾斯泰，占著另一側風光的是杜斯妥也夫斯基。把他們分開的不僅是他們的文學，更是他們本人所處的社會環境和個人的生活。就是說，托爾斯泰、屠格涅夫們過的是一種貴族或準貴族式的生活，杜斯妥也夫斯基、契訶夫們過的是一種平民、乃至相對貧賤的生活。這個時候，他們個人的生活、精神和對文學與世界的認識，開始分道揚鑣。在前者的作品中，呈現著華貴、尊嚴、開闊的氣象，在後者的寫作中，則呈現著窮賤、俗碎、糾結的格局。但就文學本身而言，就作家的寫作來說，托爾斯泰的寫作並不就比杜斯妥也夫斯基的寫作更高貴。他們在寫作中呈現出的尊嚴性，不分彼此、難有伯仲。這一景況說明了以下問題：

1. 作家本人的生活和內心決定著作家作品的黑暗與光明。

2. 高貴的作品與作家高貴的生活有著不可分的聯繫性。

3. 沒有尊嚴的活著，並不等於作家不可以有莊嚴的寫作。

今天，這裡說的，就是「沒有尊嚴地活著與莊嚴的寫作」。

一、沒有尊嚴的活著

自古至今，在中國，對於有的人來說，穿衣、走路、吃飯、喝茶，哪怕吐痰後用的衛生紙，都必須體現出他高貴的尊嚴來。他們和當年托爾斯泰筆下眾多的人物們，大體在生活上如出一轍。但對於另外一種人，住房、工作、就業、婚姻、生死，這麼尖銳、悠長的命運大事，卻是隨意的、無奈的，不能含有尊嚴的，如同杜斯妥也夫斯基筆下的人物們，契訶夫筆下的公務員，巴爾札克筆下那種為金錢著迷的巴黎市民們。人，總是要在沒有尊嚴的生活中為活著的尊嚴而努力，這是每一個普通人的基本心願。這些普通、基本的心願，一個累加一個，就構成了人類的理想。《鐘樓怪人》中的那個駝背畸人加西莫多，他活得那麼卑微，卻那麼又有做人的尊嚴，因此這個人物震撼、感動了眾多世界的讀者和觀眾。在人類社會中，階層與群體有尊嚴和卑微，在十九世紀的文學中，似乎比二十世紀的文學探討得更為寬廣和豐富。二十世紀文學，更多的探討了人──這個個體存在之本身。這個問題，一方面是十九世紀人活著的尊嚴探討的深化；

另一方面，因為這個問題到二十世紀的文學中，變得過分抽象與哲學化，慢慢的，離讀者和人們的日常生活愈來愈遠了。比如卡夫卡筆下的約瑟夫·K；卡繆筆下的局外人和很多更注重小說形式意識的作家之創作，甚至到後來，會因此產生一些「觀念小說」。作家為了觀念、理念、甚或概念而創作。如個體存在這一點，中國文學在八〇年代中、後期，有過有意義的嘗試和實踐。之後文學就又回到了人和人的具體生活上，被所謂的現實主義所束縛。之所以會這樣，是因為中國作家都非常清晰地意識到，中國人的生活是具體的、日常的、物質的。中國人的精神生活主要建立在具體的物質基礎上。「飽食思淫欲」，這是中國古人對中國人生活原則的高度概括，吃飽之後，想的是男女之事，男女之情，而不是「人從哪裡來，要到哪裡去」的抽象哲學。中國人、中國知識分子並沒有那麼注重「個人」與「精神」，而他們更在意、追求的是物質——如金錢、美食、女人等等。這就決定了千百年來我們生活的物質性而非人的精神尊嚴性。

沒有尊嚴的活著——這是中國百姓的一個生存現實。因此，我們的文學作品，也就大都是以各種文學樣式呈現著中國人的沒有尊嚴的生活，而非人的那種有尊嚴的生活。生活是這個樣子，文學的呈現也是這個樣子。中國式的現實主義，總是說文學形象要源於生活，高於生活，而這一點，好的作家們終於「齊心協力」，與這種文學的口

號，做了共同的敷衍和抵抗，使中國的現實主義沒有高於生活，而是沉游在生活的水面中。就現實而言，在今天的中國，幾乎每個人都在沒有尊嚴的活著，窮人和富人，權貴和百姓，都生活在缺少人的尊嚴的現實中。窮人與百姓，在為油鹽醬醋活著時，是什麼人的權利都不要去談的。所謂人權，就是吃飽後的口水。而那些今天在中國商業時代富了起來的人，開豪車、住別墅、用祕書（常常那個女祕書或者女司機，就是和他關係曖昧的人），活得山高水長，有頭有臉，可他卻見了一個科長、處長或局長，都必須恭敬三分、矮人三分，乃至於點頭哈腰。為什麼？因為你的錢是通過權力掙來的。是權力奉贈你的人生之大禮。在今天中國社會中，商業、工業不和權力相結合，那就沒有贏利、資本和資本的再積累。今天的中國，法律不是人的尊嚴之根本，而是權力是一切人的尊嚴之根本，之保證。過一種有尊嚴的生活，就等同於過一種有權力的生活。為什麼對權力的崇拜和批判，會成為幾乎所有中國作家——老的、少的，男的、女的，有名的、無名的，即所有、所有作家的共同的母題？問題就在這兒。世界上幾乎沒有一個國家的作家，可以像中國作家這樣在寫作中痴迷於對權力的認識和描寫。沒有一個沒有寫過權力的作家，這就是當今中國文學的一個現狀。為什麼會有如此密集、普遍的描寫權力在文學中之於人的愛和恨？就是權力成了今天中國所有人尊嚴的保障和殺器。這也包

括那些有權力的人。中國最真理的笑話是：「不到北京，不知道官小；不到深圳，不知道錢少。」我見過一個市長，他去了一趟省裡，回來很感慨地說：「媽的，我活得連百姓都不如，省長罵我就像罵孫子。」還遇到一個某省的省級幹部，到北京為了工作去送禮，等在一個更高級的幹部家門口，和門口那警衛員點頭哈腰，套近乎說話，就像一個農民見了縣長樣，無非是想知道更高級的幹部在不在家，幾點回家。當門衛對他訓斥之後，他回到賓館把帶來的昂貴重禮摔在地毯上，罵著道：「媽的，我連他媽一個農民都不如！」可他哪裡知道，農民去找村長和鄉長，也是要和他一樣受盡屈辱的。當然，這樣說不等於那些高官的高官就在權力面前更有尊嚴了。權力是一個循環鏈，當那些高官見了國家領導人，國家領導人見了美國總統，美國總統見了那些可以左右選票和聲譽的人，都有著在他看來有傷他尊嚴的人和事。無非是在中國這樣的國度裡，權力高於一切、大於一切、權力就等於一切。在這個國家糟糕如爛泥的體制裡，當權力成為人的尊嚴的根本保障和殺器時，權力就成了所有人尊嚴的陷阱和火坑。

一句話，沒有誰可以在現實面前有尊嚴地活著和生活。這就是今天中國的現實和事實，唯一和必然。過一種沒有尊嚴的生活在中國不僅是普遍的、絕大多數的，而且幾乎是人們是命定的、無可逃避的，每一個人都必須面對的。因此，這就又扯出了下一個問

題來。

二、認同世俗的生活

　　當一個人沒有做人的權利、又希望在世俗生活中獲得那麼一點點活著的尊嚴時，他必定會認同世俗的生活，心甘情願地去過一種世俗的生活。在今天的中國，在昭然天下的現實中，認同世俗的生活，對於知識分子和許多作家來說，這是一種自覺而必然的選擇。首先，知識分子和作家們，他們認為世界本身是世俗的，占百分之九十人口的中國農民幾乎是俗不可耐的。他們無知、短視、自私，而又充滿可笑的欲望。魯迅說：可笑之人必有其可恨之處。他在說誰呢？他在說整個中國的農民和當時社會的芸芸眾生們。

　　在中國現代作家中，沒有誰比魯迅更深刻，也沒有誰比魯迅更尖刻，對普通人或說沒有讀過書或讀書不多的人，魯迅是那麼不予理解和寬容，從骨子裡就認定他們是世俗的、庸俗的、俗不可耐又無藥救治的。這個認識成為一種觀念的傳統，被知識分子繼承下來了，他們相信農民天生就是世俗的，低俗的。那麼，對於商家與權貴，在中國的文化傳統中，一方面我們的先祖讀書的目的就是為了要做官，要過「黃金屋」般的有錢而富貴

的日子；另一方面，又從骨子裡清高、氣節、睥睨這樣的生活和人生。但無論怎樣，他們認定官商本也是庸俗的、世俗的，可又是大家人人嚮往的。當工、農、商都成為世俗中人時，那就剩下了「學」──知識分子了。因此，世界本就是庸俗的，知識分子也自然應該認同這種俗，於是就認同世俗生活了。我所認識一個中國名教授，口才、文采都很好，站在講台上，幾乎所有的女孩都會喜歡他，可走下講台後，幾乎所有的女孩都怕他──因為走下講台，他喜歡所有的女孩、女學生。這位名教授，知識分子，走遍中國南北，每到一處都是白天講學，夜間去洗腳屋、按摩室裡找小姐。在和小姐歡樂的過程中，他又總是非常真誠地要勸小姐們好好讀書、重新做人──做一個有意義和純粹的人。當然，在和小姐分手告別時，他也總是想要小姐少收他些錢，小姐不同意他的高貴而抵去嫖資時，他又罵婊子就是婊子，終歸是世界上最為下賤的人。像這樣分裂、滑稽的教授、讀書人，在知識分子中並不是個案和少數，而是相當多。有相當普遍性。他們是世俗生活中的歡樂派和說教派，是世俗生活中最典型的俗者和知識分子吧。

今天的知識分子尚且如此，我們怎麼還能期望那些「工農兵」？

話題回到寫作上來。作家作為知識分子中的成員，對世俗的認同，本又覺得就是應該的，如同詩人、畫家、藝術家，他們在女性面前的浪蕩，會被他們自己和許多人認為

這是上帝賦予他們的權利。不浪蕩還叫什麼詩人和藝術家？而作家認同世俗的生活，這也是上帝賦予作家的權利，因為在中國文學中，小說自古就是瓦欄勾市之物，故事為市井百姓之品，那麼，它的創作者，又如何可以不熟悉世俗的生活呢？如何可以不認同世俗的生活呢？如何可以不參與世俗的生活呢？如何可以自己不去世俗呢？

兩年前，中國作家集體抄寫毛澤東〈在延安文藝座談會上的講話〉成為了一樁文學之醜聞。世界上大凡關心中國文化、中國文學的人，大都關心這椿事。儘管這個話題誰都覺得說多了，說得俗爛了，但隨著莫言獲得諾貝爾文學獎，這個話題又再次熱起來。我對此的理解，這也就是作家們在對世俗生活的認同、參與之後的一次沒有噁心的隨心，如同農民們認為一切的糧食都是來之不易，所以不僅會把落在土地中的糧粒撿起來，也會不假思索地把落在骯髒糞土中的糧粒撿起來。我們當然要尊重那些清醒拒絕抄寫的人，但我們也要理解那些因為漫無經心、不加思想隨手去抄寫的人——因為他們過的是一種認同世俗而沒有尊嚴的生活！他們是想從權力而不是人格那兒獲求尊嚴的寫作者。中國作家想要做有尊嚴的人，就必須認同世俗的生活，就必須認同、接近和靠近權力，並最終或多或少地擁有權力和榮譽，這就是中國作家的一種選擇

的必經之路。

說說我自己。

你沒有抄寫毛在延安那篇著名的講話，但這並不等於你閣就比別人有更高的氣節和覺悟，並不等於你不認同於世俗的生活。別人都是世俗中的塵灰和柴草，而你是世俗中的鮮花和靈芝，是鄭板橋畫的可值天價的氣節竹。不是這樣。完全不是這樣！我也是俗世之物，也是在許多方面認同世俗的並相當世俗的。比如說，我年輕時候在部隊，所謂軍官到相當於科長、處長的職務時，幾乎每次探親回家，都要拿著菸酒到我們村長家裡坐一坐。村長按中國的行政級別，就是部隊的班長那一級。部隊上很多班長回到農村就當了村長、村支書。可村長手裡的權力有時候比團長、處長的還要大，他管著一個村幾百、上千乃至幾千口人的人生與命運。而我的父母、哥嫂和兄弟姊妹們，都被這個村官管束著，如此我就不能不給村長敬菸敬酒嗎？這種行為是什麼？就是認同世俗的生活。想要有尊嚴地活著，首先就要沒有尊嚴地生活。到今天，我五十幾歲了，我們村的村長是個年輕人，我一回老家，村長還會傳話說：「讓連科到我家裡坐一坐。」那麼，我就只能主動到他家裡「坐坐」了。這是一件小事情，下邊說件大的吧。現在，你是作家了，年過半百了，有人說閻連科，給你個縣長、局長、廳長你幹不幹？縣長、局長和

廳長，我可能真的不去幹。你不願去向權力低頭，你不會去受那當官的罪。可給你一個中國的文化部長呢？中宣部長呢？你能扛住不受這權力的誘惑嗎？我說我能扛住那是說大話，是虛偽和虛假，是你知道這件事情不會發生在你頭上。扛不住，你就必然會向權力認同與低頭；在因權力而尊嚴的陷阱裡自救和他救，自保和他保。我不是屈原那樣的人，我心裡知道我哪裡庸俗和多庸俗。充其量說，我也就是在世俗的生活中，因為年齡、經歷、命運和經驗，多少知道世俗的深淺，有一點清醒和理性。但說道底，我也是一個世俗的人，也是一個認同世俗生活的人。

這就進入了下一個問題了——

三、在俗世中做人，而盡量不做世俗的人

說到底，我們是人。我們想要做一個有尊嚴的人。在人的一切都被權力囚禁、牢籠的中國現實中，要在俗世中做人，要盡力不做世俗的人，我們如果不能百分之百地做到，還是可以做到一部分或相當一部分。我有一個叔伯哥，他有過一件事情成為了我終生行為的鏡子。農村的家庭，因為孩子漸多，年齡漸大，成家分家是都需要房子的。需

要分家蓋房，就需要宅基地——在中國，個人是沒有土地的。所有的土地都是國家的。

你蓋房、你種地，都要拜求那些代表著國家、政府的執政者。「農民是土地的主人。」這句話在中國就是一個屁。是空談，是虛構，是謊言——但我有一個叔伯哥，他是反抗計畫生育的英雄，生了很多孩子，家裡房子住不下，要劃宅基地，那就需要不斷地給村長家裡去送禮、送禮、再送禮。我這個叔伯哥，他就堅決不去送。寧可不劃宅基地，也堅決不送禮——這不是他小氣，就是一個倔。他不相信世道和人心，會黑到暗無天日的那一步。他就這麼堅持了十幾年，一家五、六口人，住在很小的屋子裡，孩子大了無法結婚，直到全村人都覺得不給他劃宅基地說不過去時，村委會才給他劃了一塊風水、出路都不太好的宅基地。因此，他相信世道人心沒有壞到沒有天窗、沒有門戶那一步——你不是最終還是給我劃了宅基地？——這多少有些阿Q的勝利法。但我這個哥哥，卻讓我覺得他愈來愈值得我去尊敬了。覺得他性格中不光是一個倔，還有著做人的尊嚴在裡邊。現在，我就經常以我這個哥哥為榜樣、為鏡子。一方面，認同俗世的生活，努力理解和親熱俗世的生活，努力理解和親熱俗世中的一切人。甘地那句偉大的名言，非常值得醒悟和深思：「在這個世界上，沒有任何人是我的敵人！」還在中國蹲監的劉曉波，也不斷地在說這句話：「世界上沒有任何人是我的敵人。」這是一個偉大的人才有的信

仰和靈魂。那麼，他們在為自由而奮鬥中的對方、對手——敵人是誰呢？是種族、階級和權力！從這個角度去說，做為一個作家——永生都在探討人的靈魂的信仰，就要在世俗中做一個理解一切的人；愛一切人的人。我們可以沒有信仰，但不能沒有作為人的信譽；可以找不到真理，但不能失掉尋找的真誠；沒有能力在所處的環境中抗爭一些事情，但可以在這個惡劣、庸俗的環境中堅決不去謀合一些事情。不能說話，可以沉默。寧可在沉默中站在路邊，也不在鮮花和掌聲中走在路的中央。可以做不到這些，但不能不去努力這些。只有如此，我們才可能是一個有尊嚴或有些尊嚴的人。不然，我們真的就淪為阿Q、華老栓、契訶夫和巴爾札克筆下的公務員，淪為《審判》中的約瑟夫·K和一個沒有自我的人。

做不到抵抗一切，努力做一個不獻媚、附和權力的人，這是多麼低的標準，如果中國的知識分子都有這樣的想法，都努力去試一試，那麼，中國的現實，我們在現實中寫作的人，我想大家就多少會有些做人的尊嚴了。

四、莊嚴的寫作

莊嚴的寫作是個大題目，可這兒，就只能大題小做了，細糧粗做了。在中國作家的生活和寫作裡，莊嚴的生活是一件事，莊嚴的寫作有時是另外一件事。從傳記作品中，我們可以看到托爾斯泰的生活相對杜斯妥也夫斯基是更為嚴肅的、莊嚴的，但他們的寫作卻是同樣莊嚴、嚴肅的。如果從他們的作品和作品中的人物去分析，我覺得杜斯妥也夫斯基筆下的人物還更為莊嚴些。看卡夫卡的傳記，卡夫卡在他的生活裡是平凡的，甚至也是世俗的，但卡夫卡作品中對人的那種莊嚴性，卻是其他作家無法比擬的。英國作家毛姆，其生活之庸俗，常常是街頭的笑談，但他作品中包涵的莊嚴性，卻是不可否認的。最好的例子是大仲馬和小仲馬，這對父子，他們到底誰的寫作好？沒有可比性。但把《基督山恩仇記》、《三劍客》和《茶花女》放在一起時，當然《茶花女》是更為莊嚴的。回到中國作家的寫作上來，就是說，求不得莊重的生活，但可求莊重的寫作。就是說，作家的生活因無奈可以是庸俗的，但他們的寫作是可以莊嚴的，也必須是莊嚴的。不能有尊嚴地活著，但可以有尊嚴的寫作。有尊嚴的寫作，是作家之所以還為作家的。

唯一的基石。當作家的寫作失去這份獨立、莊嚴時，那他們的寫作就不叫寫作了，而叫「工作」了。是為了吃飽和穿暖，是為了活著而活著一種上班、下班的工作了。

一句話，就是可以世俗地活著，但一定要莊嚴地寫作。

莊嚴地寫作，在這裡有幾個意思：

1. 對文學自身的莊嚴性。中國作家在現實生活中，有時不得不把文學和生活分開來。在生活中，為了活著，他們不能脫俗，但在寫作中是可以脫俗的。是可以莊嚴起來的。尤薩曾經去參與總統競選，曾經差一點當上秘魯的總統，他對權力、政治的著迷與愛，不是我們可以理解的。要說俗，這也許是大俗，可這絲毫沒有影響他對文學的信仰和摯愛，絲毫沒有影響他對文學莊嚴的理解和寫作。捷克作家哈威爾，你說他是政治家還是文學家？作為政治家，他改變了捷克這個國家的方向和命運；他對政治、權力的參與，就作家而言，誰都沒有他參與得深。可我們來看中國「內部版」的《哈威爾文集》，作為一個作家，他的莊嚴性令人肅然起敬，高山仰止，讓我們汗顏和自卑，都想自己朝自己臉上打耳光。這說的是在世俗的生活中作家對文學自身的莊嚴性。

2. 說的是對世俗生活莊嚴的認識。從世俗中寫出莊嚴來，而不是在俗世裡寫出世俗

來。這一點，契訶夫堪稱典範，他筆下的小人物們，各個生活都是庸俗的，但契訶夫卻全都寫出了一種莊嚴性。莫泊桑的《脂肪球》中那些貌似尊嚴的人，各個都活得具有莊嚴性，只有羊脂球是俗爛的，可莫泊桑卻在這幅圖景中，寫出了最俗人的莊嚴來。二十世紀的文學，對人的理解更為自我和根本，因此文學的莊嚴性也更為突出和顯現。

3.中國作家如何莊嚴地寫作。莊嚴地寫作，是一種態度，一種立場，一種自覺的選擇。必須承認，一個生活沒有那麼嚴蕭、莊嚴的人，照樣能寫出莊嚴的作品來。一個莊嚴生活的人，反倒不一定。這就是說，個人生活的方式並不決定一部作品的莊嚴性。但也許得承認，作品的莊嚴性取決於他對文學的認識和他的文學觀，而不取決於他的生活觀和人生觀。莊嚴生活的人，更易寫出莊嚴的作品來。更可以持久地寫出莊嚴的作品來。魯迅一生的生活都是相對嚴蕭、莊嚴的，所以他終生的創作也必就都是莊嚴的。而那個中國郭沫若，在這方面恰可為另外的典範，那就是他早期的詩和劇的創作毫無疑問都是莊嚴的，而後期的創作，就失去了莊嚴性，甚至不僅是媚俗的，而且是低俗滑稽的。為什麼？生活使然。人生觀和世界觀使然。當郭的人生失去人的莊嚴、只有對權力的附和膜拜時，他就寫不出莊嚴的作品了，無法進行莊嚴的創作了。這就是說，莊嚴的

寫作，不一定必須來自於作家個人莊嚴的生活；但終生書寫莊嚴的作品，還是需要你在生活中終生不渝的人生態度和文學態度的莊嚴性。

中國是一個口號的大國，在這兒，請允許我寫出幾句反口號的口號來：認同世俗的生活，在世俗中做一個有尊嚴的人；在俗世中活著，而不進行世俗的寫作；不苟求他人寫作的嚴肅性，但一定要追求自己寫作的莊嚴性。

03

美國文學這個野孩子

如同十八、十九世紀俄羅斯文學偉大的悲憫和愛，法國和歐洲文學在現實主義中的社會批判性，拉美文學中的奇幻性和現實性。而美國文學在這一時期，就是「野的創造性」。

美國這個國家，給大多中國人的感覺是沒有那麼講理卻又相當強悍。因為強悍，就多講自己的理，少聽別人的理；像一個調皮、單純而又正在青春期的小夥子。因為正在青春期，簡單而淘氣，斷不了在世界各地惹是生非，但他又有些仗義和俠氣。還有一些正義感，遇到不公時，他會兩肋插刀，拔刀相助，顯出英雄平天下的氣概來。當然，遇到那些弱小而又蠻橫無理的，他又會一掌下去要拍死一隻螞蟻蒼蠅樣，索性讓你從這個世界上消失便斬草除根了。

總之說，這個孩子好玩，但是有些野。

上個世紀的美國文學對中國作家也是這感覺。至少對我就是這感覺。這種感覺是他們的文學如他們的國家樣，因為歷史短暫，去說他們的傳統文化，彷彿一個剛懂事的孩子在說他的前世與今生，少而老成，有些滑稽。紐約的大街上，除了現代的鋼筋水泥和現代氣息濃烈的藝術廣告、展品和商鋪外，還有的，就是人流和車流，比起今天的北京，就又小巫相遇大巫了），在紐約、華盛頓、舊金山、西雅圖等等美國大城小鎮上，找不到埃及和希臘的一塊石；找不到倫敦、巴黎、乃至整個歐洲的一塊磚；也沒有古老東方的一粒黃土和一滴水。它就是它——青春年少正當時，哪管他地人和物。

一、從中國文壇颳過的美國風

1. 我說美國文學是充滿朝氣的野孩子，這感覺來自上世紀中國的八、九〇年代。

那時中國剛從十年噩夢的文革中醒來，社會百孔千瘡，經濟百廢待興，人們的觀念，左傾而矛盾，守舊而又對西方文明和美國現代文化的開放發達，充滿著好奇的驚恐，如同今天的北韓人，在一瞬間被丟在歐洲或者美國的大街上：「哦，世界原來是這樣啊！文學原來是這樣啊！」那時候，中國作家長期被禁錮在前蘇聯社會主義現實主義革命文學的籠子裡（今天也未真正掙出來），高爾基如同世界文學的偶像，占據著很多中國作家內心狹小的空間。就在這時候，有了一個文學的「一喝雄雞天下白」，世界各國偉大的

美國文學也是這樣子。俄羅斯文學中偉大的憂傷和悲憫在美國文學中大抵煙消雲散了。歐洲文學的精細和謹慎的探求，在美國作家那兒成了有話直說，寧可喚破嗓子流出鮮血來，也不壓著嗓子哼唱出一支小曲來。它讓高喚的大叫床和壓抑的呻吟，成了文學高潮的噴口，使得它的文學尤其在二十世紀時，連那種叫床的聲音都帶著青春的韻律，迴盪在現代的美國大地上，也迴盪在古老、沉滯的中國大地上。

文學作品，洪流滾滾地湧進了中國的書店和讀者的目光中。十九世紀的俄羅斯文學和歐洲法、英、德的老經典，如同拄著拐杖、白髮飄飄的學究老人，讓讀者尊崇和敬仰。二十世紀的拉美文學，以其異鄉別味又和中國的土地、文化、鄉村有著某種暗合、溝通的天然聯繫，被中國作家、讀者所接受。歐洲文學中的意識流和法國新小說，因為中國作家和讀者的似懂非懂，反而讓批評來得更艱辛，讚譽來得更容易，如同我們面前擺著一套大品牌的高貴名衣，即便我們穿在身上不合體、不灑脫，乃至根本不適宜，我們也要把它穿在身上——因為它是名牌嘛。它是品牌中的大牌子。我們不能也不敢對它說出「不」字來。比如法國的現代戲劇《等待果陀》和《禿頭女高音》等，諾貝爾獎的名頭和荒誕派的高旗把中國作家驚住了，直到今天中國都沒有上演過貝克特和尤內斯庫的戲劇，讀者或觀眾，也很少有人去讀過他們的劇本或文字，可說起他們的作品和作家的姓名時，中國作家們都可如數家珍地說出他們舞台上的一二三，人生命運中的一二三。這真是一個可愛的怪現象，彷彿人人都對上帝很熟悉，可又人人都沒見過上帝、也沒讀過《聖經》那本書。

但美國文學就不一樣了。那時候——中國文學發展那段黃金期，上世紀的八、九○年代間，世界上沒有哪個國家和地區，能像美國文學那樣排山倒海地湧進中國去，泥沙

俱下地衝擊著中國作家和讀者。如果以進入和被接受作家的人數、人頭論，單說二十世紀的世界作家們，怕整個歐洲的作家加在一起，都沒有美國作家被中國讀者和作家接受的人頭多。拉美文學聲勢浩大，直到今天都還在深深地影響著中國讀者和作家們。可當真去算有多少位作家走入了中國，被讀者和作家所接受，那比起美國文學就少得有些可憐了。在中國讀者的眼睛裡，當年的馬克·吐溫、傑克·倫敦顯然老派些，是十九世紀的人，可馬克·吐溫的幽默和當時中國社會、文化的板著面孔、正襟危坐形成了巨大的反差，讓嚴肅的中國文學明白幽默是可以登入大雅之堂的，是可以經典乃至偉大的。翻譯成中文的傑克·倫敦的小說是粗糙的，有力的，狂野到奔放和不羈，然中國作家和讀者，卻從中發現原來寫殘酷、生存、人性和貪婪，是可以赤裸到讓人物身上一絲一線都不掛。可以把人物的內心和靈魂，血淋淋地挖出來──不是所謂寫出來或者畫出來──擺在讀者面前給人看。

2.「垮掉的一代」──大約或至少，是要徹底地寫出頹廢的生命力；寫出生命中的腐朽、霉爛和連骨頭帶肉在下水道中沉落、腐化、消失的氣味和肌理。吸毒和吸菸樣，性亂和吃飯樣。動手、粗口，如風來葉落、雨來地濕一樣必然和自然。凱魯亞克、艾倫·金斯堡和威廉·布洛斯以及他們的《在路上》、《鄉鎮與城市》、《嚎叫》、

《癮君子》、《裸體午餐》等，那時在中國颳起的閱讀的旋風，不僅是文本意義的，更是精神意義的。與其說中國讀者接受他們的是文學，不如說接受他們的是人的生活方式和精神自由學。是他們讓中國的作家和讀者們明白，我們活著是可以不理睬乃至對抗革命的，人生是可以「本來」、「本真」的，可以沒有那麼崇高、疲勞的。因為他們和他們作品的先聲奪人，隨之尼爾‧卡薩蒂的《三分之一》、喬伊絲‧詹森的《次要角色》、霍姆斯的《走》、布羅薩德的《暗夜行者》等，也都隨風而到，成為這股文學龍捲風夾裡的飛沙與走石，被中國人了解或熟知。

3. 「迷惘的一代」——沒有那麼多的作家和作品，但這「迷惘的一代」的文學代名詞，卻如一個高尚的名詞被中國文學接受了。上世紀的八、九〇年代，中國人從夢中醒來，惺忪懵懂，正不知社會要發展到哪裡去，政治、文化和文學，都充滿了渴望和迷惘，年輕人無所適從，又充滿試圖改變的理想。因此「迷惘的一代」，正契合了那一代人的內心和境遇，高度、精準的描述了一代人的心境和狀態。就是三十年後的今天，那時中國式的所謂的「迷惘的一代」，都已經到了中、老年，但之後他們的弟弟、妹妹及出生在那個時代的孩子們——而今中國人說的「八〇後」和「九〇後」，每天為就業、工作、工資、房子、車子奔波和惆悵，也同樣是「迷惘的一代」。原來，「迷惘的一

代」並沒有那麼多如「垮掉的一代」的《在路上》、《嚎叫》、《裸體午餐》那樣顯明、旗幟的作品留給中國的讀者們，但「迷惘的一代」，遠比「垮掉的一代」品味起來更柔弱、更幽長，更有詩意的傷感及可能的醒悟、明白與成功。「垮掉」是簡單的，絕對的，無可救藥的。但「迷惘」卻是浪漫的、詩意的，可以垮掉也可以重新挺胸站立的。甚至是更為深刻、複雜的。所以，在中國的今天，「垮掉的一代」是作為作品和行為留存下來的，「迷惘的一代」是作為名詞、旗號和意義留存下來的。在「迷惘的一代」的作家裡，海明威幾乎是獨一無二的作家被中國和世界各地接受著。但在更大、更寬泛的意義上，海明威被人們留存、記憶和接受，還確實是因為他的《老人與海》和《戰地鐘聲》等作品，還有他在作品之上、錦上添花的諾貝爾獎的名頭及他傳奇的人生與故事。對於他，至於說「迷惘的一代」的文學派流和旗號，倒沒有太大意義了。

4.「黑色幽默」——是至今仍在中國流行並時時浪的派別和作家群。三十年前，美國的作家和作品，各路人馬，悉數到場，趕到中國的文壇，迷亂著中國千千萬萬的讀者們。「黑色幽默」這一脈，也和其他作家與作品前腳後腳，並駕齊驅，乘虛而入，蜂擁而至地如期趕到。海勒和他的《第二十二條軍規》，讓中國讀者和作家的狂喜，如同一個有教養的孩子或大家閨秀明白手淫對人體無害樣；明白說出自己有手淫的

癖好也沒有什麼了不得，不就是讓黑暗的瘡口開出一朵血殷明亮的鮮花嗎？讓傳統的趣味、歡笑和健康的快樂與幽默，建立在悲傷、無奈、荒謬的基礎上，讓一種絕望也發出滿含眼淚的笑聲來。直到今天，三十幾年過去了，《第二十二條軍規》和海勒都在許多中國作家的書架上，占有著那些具有反叛和創造力的作家們心靈的一席之地，他和馮內果的《冠軍早餐》、《第五號屠宰場》以及湯瑪斯・品欽的《引力之虹》和《Ｖ》，成為了中國作家談論美國文學時，必然要談論到話資與話題。只可惜，當海勒和馮內果趕往中國時，品欽是作為三駕馬車重要的組成趕去的，可趕去的這三駕馬車上，品欽人到了，其作品沒有隨車帶過去。所以中國讀者並不能真正如了解海勒和馮內果那樣了解他。

被閱讀，是需要機遇的，如期而至，你就會家喻戶曉，成為經典，但慢了一步，你一樣可以成為經典，但就不一定能夠家喻戶曉了。在這一點，海勒和馮內果就是黑色幽默的喜，品瓊就是黑色幽默的悲。至於這一派別的其他作家和作品，如威廉・加迪的《大小亨》、湯瑪斯・伯杰和他的《小巨人》，約翰・霍克斯和《血橘》等，因為沒有趕上那三駕馬車的腳步和車輪，到中國更慢更晚些，也就只能成為「黑色幽默」這一「血花」的綠葉了。

5. 美國獲諾貝爾文學獎的作家們。種種原因，中國是一個對諾貝爾文學獎無限崇尚的國度。因為如美國、法國這樣的國家，獲得一個諾貝爾文學獎，就像一個聰明的孩子在交上作業後，老師順手發給他一朵小紅花。從一九三○年辛克萊·路易斯第一個為美國贏得這個獎，六年後的一九三六年，劇作家尤金·歐尼爾，再次摘得這一桂冠。一九三八年是中國人極其熟悉的賽珍珠；四九年是威廉·福克納。一九五四年，海明威如願以償，終於抹去了福克納獲獎給他帶來的內心的憂傷。一九六二年是約翰·史坦貝克，一九七六年是索爾·貝婁，一九七八年是辛格，十五年後的一九九三年，是女作家托妮·莫里森。雖然之後的二十幾年間，美國文學再也沒有拿過這個獎，但在中國人看來，你們還是拿得太多了，像獎是你們家的一棵蘋果樹，想吃了就伸手摘一個。在這百年來的時間內，你們已經有九個獲獎的作家了，如果從一九九三年莫里森獲獎推到諾獎元年的一九○一年，這九十來年你們有九個獲獎人，平均十年就有一個人獲獎的話，那對有三千年文化史和十四億人口的中國來說，你們獲得諾獎確實太多了，太為頻繁了。你們有九個，一百多年我們一個都沒有——順便說一句，眾所周知的原因，中國是不把高行健視為自己子民的，是不為他的獲獎怎麼高興的（那時莫言還沒獲獎。半年後中國為莫言獲得這一榮譽高興了），因為中國對諾獎的酷愛和崇敬，如同中國的足

球因為踢不好，中國人反而在絕望中對足球更加熱愛一樣。中國人對諾獎作家的喜愛，你們美國人將無法體會和理解。也因此，美國獲諾獎的作家和作品，進入中國不僅是乘風破浪的，而且是光芒四射的。這九個獲獎的作家，在中國賽珍珠是因為和中國的生活關係而被中國人熟知並津津樂道著，其他別的，多是因為作品和獲獎相互作崇而被熟知和著名。而最常被中國小說家和讀者捧在手上、掛在嘴上的是福克納、海明威、索爾·貝婁和辛格與莫里森。尤其前三位，中國讀者、作家、評論家，是把他們視為經典和偉大的。尤金·歐尼爾，在中國的戲劇界，享受著福克納在小說家中享受的榮譽和地位。

就這些作家的作品們，如海明威的《老人與海》、《雪山盟》、《戰地鐘聲》、《戰地春夢》、《妾似朝陽又照君》；福克納的《喧譁與騷動》、《我彌留之際》、《八月之光》、《押沙龍、押沙龍》等，索爾·貝婁的《洪堡的禮物》、《赫索格》、《雨王亨德森》以及尤金·歐尼爾的《天邊外》、《長夜漫漫路迢迢》、《榆樹的欲望》，還有史坦貝克的《憤怒的葡萄》、辛格的《盧布林的魔術師》、莫里森的《所羅門之歌》等，在三十年前如旋風樣捲過中國文壇和龐大的讀者群，直到今天，那三月野風帶來的令人沉醉的春香味，還留存在中國文壇和中國文學中，還不斷被中國讀者成群結隊或三三兩兩地聞香而去，追蹤尋找著這些作家和作品。他們為美國文學在中國贏得的掌

聲，如同上帝為他的教民贏得的讚譽，我想今天或今後，在中國你若從事寫作，倘若不知道福克納和海明威，沒有讀過「海鬍子」的《老人與海》，不知道福克納的《喧譁與騷動》與《我彌留之際》，怕會讓別人以為那是不可思議的，如同登上了遊輪，你還沒有去購買船票樣。

6. 持久而有力的獨行者——美國還有很多作家和作品，被中國讀者、作家和批評家們接受、研究，是和派別、旋風沒有關係的，哪怕他在美國是被視為某一潮流、別派的。但他西風勁吹，登陸東方大陸，卻是借了中國門扉洞開的機遇，而非借助了流派的群力和慣勢。他以他自己獨有的個性、美麗和神奇，健步、捷步地走入中國後，就開始風靡一時，勢不可擋，以一己之力，攻天下之城，幾乎征服了中國所有對文學飽含熱情的讀者們，他們的作品，影響著我這一代人，也影響著下一代的讀者和作家們。沙林傑和他的《麥田捕手》，在三十年前進入中國時，如同後來美國進入中國的麥當勞，其來勢是溫和的，但普及的速度卻是席捲式或說地毯式樣的。人們的所到之處，沒有人會說他沒有讀過或者不知道《麥田捕手》，宛若今天中國城市的孩子，沒有誰沒有吃過麥當勞或者肯德基。《洛麗塔》和《北回歸線》，對中國文壇和讀者的突襲、侵擾就沒有那麼溫和了。它們是在沙林傑先到中國之後分別趕去的。當《洛麗塔》以性愛黃色小說出

現在中國的書店和街頭時，納博科夫這位俄裔的美國大頭作家，先被封閉、禁錮的中國用好奇、道德的目光所打量，之後就被中國讀者如閱讀英國作家勞倫斯的《查泰萊夫人的情人》一樣閱讀著、私議著，也被深深地迷惑和了解著。至於把納博科夫視為最有意味的英語經典作家，那已經是許多年以後的事情了。但米勒和他的《北回歸線》，在九〇年代初去往中國時，和《洛麗塔》的去往是有著微妙而鮮明差別的。中國那塊古老的土地，一向是對性和性事噤若寒蟬而又心嚮往之的。一方面，自古就說「飽食思欲淫」；另一方面，又視性事若禍水。所以，《洛麗塔》在相當一段時間是不被視為「嚴肅文學」的。然而，中國人又長期飽受政治的壓抑和謊欺，對禁書的熱愛和情趣，很長時間超越世界上所有的文學獎，也因此，對前蘇聯的索忍尼辛、巴斯特納克和離開捷克的昆德拉，也才會有一種敬若神明的偉大感，以為他們才是他們國家的良知和鏡子，有著一顆上帝的心。也因此，當《北回歸線》上印著當年無法在美國出版，但二戰中美國士兵在前線都偷偷看它時，說士兵們在發電報的電文都抄寫《北回歸線》的句子時，那麼米勒在到往中國之初，自然就比納博科夫多幾分天然的「崇高」和神祕。至於說納博科夫和米勒是不是「黑色幽默」派，都已經顯得特別不重要。他們的作品和作家本人的命運、故事之神奇和神祕，早已沖去了流派的印跡。他們那種獨來獨往、我行

我素，我要這樣寫作，哪管被人說道的倔強和獨立性，早已蓋過派別對他們的重要性。

還有早去和後到的費茲傑羅和厄普代克，他們是在中國始終沒有讓讀者熱中起來的人。《大亨小傳》，從來都是以偉大經典的面目出現著，可中國讀者卻始終對它的這種偉大保持著相當矜持和距離感。厄普代克的《兔子三部曲》進入中國時，是趕上中國文學熱潮的，可惜那時中國讀者對文學「新與奇」的熱愛，遠遠大於對「實與老」的愛好。再後來還有因為日本作家村上春樹對美國作家柯波帝和所謂極簡主義的瑞蒙·卡佛的喜愛，所引帶起來的中國讀者對《第凡內的早餐》、《冷血》及卡佛系列短篇小說的閱讀熱，但比起往日美國作家在中國颳起的文學風，都有些大河與支流的感覺了。

說到今天的菲力浦·羅斯和保羅·奧斯特，他們都是美國的好作家，都有不少的小說翻譯到中國去，但比起往日接受與閱讀的盛況，真的是有些日落西山、今不如昔了。

這不是他們寫作的原因，而是他們的寫作脫軌於中國讀者對美國文學預期和想像；還因為今天的中國，已經不再是一個對精神、文化、文學和閱讀，有著一種崇敬之心的國度了。

二、美國文學的野孩子形象

毫無疑問，美國文學是豐富的、複雜的、任何一種試圖把豐富的美國文學歸結為某一類形象的努力都是簡單的、武斷的。在浩瀚如海的美國文學中，我所閱讀過的僅只是九牛一毛，沙漠拾粒。比如一八二三年庫坦的《拓荒者》的開創性，斯托夫人一八五二年出版的《湯姆叔叔的小屋》悠悠長河的歷史性，霍桑《紅字》的浪漫和批判，德萊塞《嘉莉妹妹》的廣闊抒情性。梅爾維爾《白鯨》的寓意和象徵性。當然，還有歐亨利給全世界讀者、作家提供的「故事法」。諸如此類，這些「那些」，當美國小說進入二十世紀的旺盛黃金期，尤其在第二次世界大戰後，流派叢生，作家群起，隨著美國政治、經濟、文化的開放和盛業，那個文學野孩子的形象終於開始產生並迅速成長起來了。「迷惘的一代」因為迷惘而徘徊，因為徘徊而曠野，加之海明威個人生活的無羈和剛性，對中國讀者來說，讓這一「野孩子」的形象開始有了雛形和輪廓，乃至到了「垮掉的一代」的故事、敘述、人物和作家本人們的行為——他們赤裸的靈魂要衝破一切束縛的力量；他們我行我素、獨立自由、放蕩放逐、甘願沉淪的快樂，黑暗中人性因自由而綻放著

野亮的芒光。「黑色幽默」中的海勒、馮內果、品欽柏與這一群既遠又近的納博科夫和米勒等，他們的寫作，各有所異，大異微同，但必須承認，在他們最有代表意義的作品中，《老人與海》、《在路上》、《嚎叫》、《第二十二條軍規》、《冠軍早餐》、《第五號屠宰場》、《北回歸線》、《南回歸線》。凡如此等等，不一而足，無不張揚著人與時代、環境劇烈的矛盾和人在這種環境中自由而獨立的放野和推翻一切成見與秩序的本性。就連《麥田捕手》這樣年少、溫和的小說，彰顯的也是對秩序的反感與反抗。正是這種反感的反抗，也才使沙林傑因為那麼一次並不複雜的寫作，構成了世界性認同的閱讀。尤其在中國，讀者和作家對《麥田捕手》的青愛，並不是因為作為二十世紀的作家，沙林傑對文學寫作本身有多少修正和補充，給後來者提供了怎樣的寫作滋養和成長中的奶粉與麵包，而是他寫出了中學生霍爾頓・考爾菲德，對秩序的反感和抵抗。

中國讀者在把《麥田捕手》視作一流作品還是三流時，是頗費猶豫的。視它為一流，是因為作者那麼抒情、詩意地寫了那個人物和故事，表達了中國人極度渴望的反抗與自由。視它為三流，是實在從作品中找不到太多該要學習和借鑑的「寫作法」。在六十年間的前三十年，把中國文學放在世界文學中去考查時，就是一片空白和荒野，是一張認真胡寫、但卻沒能留下字跡的白紙；而稍後的三十年，是中國文學急劇變化、汲

取和成形與獨立的三十年，因為急需的變化和汲取，就要求進入中國的作品不能傳統如十八、十九世紀樣，敘述一個好故事，塑造一把好形象，揭示一個廣闊複雜的社會和生存環境就是好小說，就是偉大小說了。這時的中國讀者還需要在你的作品中看到作家本人完全鮮明、獨立的個性與姿態——你是怎麼寫。正是因為這，中國讀者在評斷沙林傑是一流還是三流時，有些沒有主張了，猶豫不決了。但在上述我們提到的其他作家時，就沒有這種猶豫了。

因為其他這一時期的美國作家們，他們不光寫作的內容、故事、人物「野」，而且他們的語言、敘述及思維方法也是「野」。在「寫什麼」和「怎麼寫」的問題糾結上，他們似乎用一個「野」字統一起來了——儘管他們彼此「野」與「野」的不同，千變萬化，個性獨立，但都有一種相對傳統、古板和束縛的「野性」、「野狂」、「野亂」和「野莽」與「野蠻」在其中。

更為重要的，讓中國讀者對這些「野孩子」作品和作家接受、著迷的，還因為在隨同這些作品遠渡重洋到中國的資訊中，大多作家的個人生活，也似乎都是這樣或多或少如小說故事一樣的，尤其「垮掉派」和「迷惘派」的作家們，他們的生活在中國和他們的作品構成了統一和同一的想像性。就連早時的費茲傑羅，出身貧寒，奢望高貴與富

裕，所以他寫了《大亨小傳》；所以他沉醉於酒食徵逐，最終為此而猝死。後來的海明威，一向以野性、剛性的「男人」而著稱，所以他的小說「男人高大」，失敗也是一種勝利」。凱魯亞克就是「在路上」才寫了《在路上》，個人生活的不羈在一定程度上，讓讀者對他的迷戀遠遠超過了對小說人物迪恩·莫里亞蒂所做的一切。金斯堡與其說讓讀者聽到了《嚎叫》「狂放的嘶鳴」，倒不如說是《嚎叫》讓讀者聽到了金斯堡在那個時代「嘶鳴的狂放」。《洛麗塔》寫一個教授（中國的知識分子哦）和十三歲少女的曖昧情長，這是多麼能夠喚醒中國人內心最深藏的那一絲淫野的萌動。當《北回歸線》說出「這是劈臉啐向藝術的一口痰，踹向上帝、人類、時間、愛情、美麗褲襠裡的一腳」時，米勒是替中國人對虛偽、道德、倫理、權力、秩序、封建和傳統及現行的政治、文化、精神的壓抑唤了一嗓、罵了一嘴，又踢了一腳的。至再後的《第凡內的早餐》中，戈萊特麗對物質的嚮往和信任，也正契合著今天中國新一代的讀者和年輕人，對錢與物的信任與崇敬。戈萊特麗可以那樣行事和作為，可以大膽地表白她對錢財、珠寶的愛，也同樣讓中國讀者感到「野得自由和可愛」。而柯波帝個人生活對天性、本性的尊重與尊崇，又哪兒不是戈萊特麗的言行與表露。

到這兒，這一鮮明的美國文學「野孩子」的形象已經完成了。在中國讀者那兒，

它絕然不是一部或者幾部作品完成的，不是一個作家或一群作家或哪個流派完成的。它是由幾代作家和無數的作品共同努力塑造出來的。如同十八、十九世紀俄羅斯文學偉大的悲憫和愛，法國和歐洲文學在現實主義中的社會批判性，拉美文學中的奇幻性和現實性。而美國文學在這一時期，就是「野的創造性」。就是一個國家、一個民族、一段偉大的文學時期共同提供的一個「可愛可敬的野孩子」。

這個「野孩子」，從文學意義上說，是一種「被解放的獨立與創作」；從社會學上說，是文學中張揚的美國的「自由精神」和人的獨立性。之所以這一「野孩子」文學的共同形象，在中國如此的大行其道，廣受歡迎，正是因為中國的歷史和現實，太缺乏這種文學的野性和人在現實中的自由性。而「野孩子」的自由生活、自由生存，奮鬥自由，乃至沉淪自由，也正契合著過去、今天和未來中國讀者對「野」和自由的渴望。這也就不用擔心，美國文學會在中國如法國新小說樣迅速地被愛和快速地被拋棄，彷彿季節流行的巴黎時裝的更替而時過境遷樣。但需要擔心的是，「野孩子的自由」，成為中國讀者對美國文學的固有想像時，其他好的小說在這一想像中脫軌後，新的偉大的小說會有不該有的冷遇和慢待，比如強納森·法蘭岑的《自由》和《修正》，就在這讀者冷遇與慢待的序列。

三、影響的寬廣有餘而深度不足之遺憾

以國度和地區論，沒有一個國家和地區的文學能像美國文學樣，有那麼多作家、那麼長時間地在中國有著那麼廣泛的讀者和影響。可惜的是——希望我的感受、判斷是錯誤的——也應該看到和承認，在眾多的美國作家和作品中，還沒有一個作家能如托爾斯泰和巴爾札克那麼長遠、深刻地影響著中國讀者和作家在文學中對人與社會的認識和推敲；沒有一個美國作家可以像杜斯妥也夫斯基那樣，帶領著中國作家的筆與心，真正走進人的靈魂中。；沒有一部美國作品可以如《變形記》和《城堡》樣，讓人深切的體會到人在人和社會中的境遇是那麼孤獨和無助，寂寞和絕望；像《百年孤寂》樣，不僅影響讀者對文學本身的認識，也改變著作家文學的思維和寫作方法論的變化。這也包括中國作家最崇敬的福克納，就對中國的讀者和作家寫作而言，都沒有達到那種影響的深度和根本性。為什麼美國文學在中國文壇影響甚廣，而深度的影響和改變卻又有所不足呢？問題出在美國文學還是中國讀者、作家和中國的現實與歷史？這話說來難以道明，又無尾聲，希望我在另外一篇文章中可以專門討論和說清它。

04

我對禁書和爭論的幾點看法

作品被爭論和禁止，大多不是作家有意而為之，而是無意而為之。不是愛爭論，愛禁止；而是被爭論，被禁止。爭論和被禁，不是好事情，也並非壞事情。它至少表明著你在寫作中還有正直和坦蕩。

一、禁書不等於是好書

中國有句備加流行的話是：「雪夜讀禁書，人生一快事。」由此可以想到禁書給讀者帶來的某種滿足感，一如被鎖在箱子中的糖，在寂靜無人中漫溢出來的那種甜。今天無論到哪兒，大家都會介紹我說：「這是來自中國最受爭議、也禁書最多的作家。」對這種介紹我不置可否，當然沒有貶，但也並不會太多體會那種藝術的褒。作家應該始終清醒：禁不能等同於藝術。它有時和勇氣有太多牽扯。儘管我們還可以理解歌德那樣的話──沒有勇氣就沒有藝術！把這話延伸開來，可以說，沒有勇氣就沒有藝術開創性的創造。然而，讀者大多卻是把禁書和爭論僅僅停留在勇氣的層面去理解感悟的，尤其對來自中國的作家和前蘇聯的作家和作品，還有其他我們說的「第三世界」的作家和作品。

儘管世界上有無數作家都曾遭過禁，如被人們掛在嘴上的索忍尼辛、巴斯特納克、納博科夫、勞倫斯、波赫士、尤薩、米勒、昆德拉、魯西迪和帕慕克、卡達萊等等，這是一長串的沒有尾聲的名字，如果我們站在圖書館中，或者打開電腦的某一頁面，這串

名字還可以如凱旋歸來的馬隊，前至古人，後至來者，成千上萬，無計其數。但之所以大家僅能記起這個隊伍中的這些少數，是因為他們不僅遭禁，而且還寫出了被禁而偉大的作品。而其餘那些——那些為言論自由有著巨大付出乃至犧牲生命的作家和作品，我們必須真誠地表達對他們的民族、國家和人類的開放、進步、自由、民主、平等所付出的犧牲的敬意。但當我們把這些作家和作品納入藝術範疇去論談時，也必須殘酷的承認，我們——是我，仍然沒有記住他們，這除了我該死的記憶，該為此負責的，大約還有他們寫下的作品。

有時，藝術是絕然殘酷的，如同時間不會因為人的貴賤而對誰把一天拉長到三十六小時或者四十八小時，藝術也不會因為你在某一國度、某一環境和時代受到的政治、權力對你的壓迫而在成就的天平上，多放一個重量的砝碼。就是放上去，有一天時間覺得不夠公平和得體時，還會在另外一天悄悄把這個砝碼拿下來。今天，就中國而言，幾乎每年都有幾本、幾十本出版被禁和被審查後禁止出版的書。對此，我們一方面，深深厭惡這樣的出版制度和審查，甘願為消除這種審查去做各樣犧牲的努力；另一方面，我們也不能因為這些作品被禁和審查，就把好作品的桂冠擺到那些作品的封面上，戴到那些作家的頭上去。我知道，今天的中國作家，離開了那塊土地後，到西方，到美國，都喜

歡對聽眾和媒體說，他（她）在那個國家備受爭議的，他（她）的書被批判、被爭論、被刪改、被禁止出版等等和云云，因為這樣西方和媒體才會對他和她的作品引起關注和注意。但請這些可敬的朋友諒我，在這兒，我想說的是——禁和爭論是一種中國審查的污垢，是西方對中國最直切的關注口，但它並不等同於就是一部藝術成就高的好作品和好作品的尺度與標準。早些年，中國有作家曾經願意用十萬元人民幣賄賂中國的出版機構來把他的小說禁掉、批判掉，這可笑的一例，就說明禁是被關注的門眼而非藝術的標高了。也因此，當我每到一地，都說我是中國最受爭論、禁書最多的作家時，我只能沉默，既感受不到榮譽，也感受不到不快，只能把這種介紹當作不相適宜的一道禮節，如你們和熟人相遇時，伸出臉面親吻而對方卻伸過去一隻要握的手。

實在說，西方讀者對我的熟知是從我的禁書《為人民服務》開始的，無論你們怎樣評價這部書，我並不以為它在我的創作中有多麼了不得。它只是我人生和寫作中一道鮮明的痕跡、事件和記憶，而並非一部上好的頭等小說。以為它好了，那就更應該——有機會去讀我的另外一部小說《堅硬如水》。你們喜歡《堅硬如水》，我會很高興，但對《為人民服務》評價過高，我也就只能會心一笑、而心存感激了。還有一九九四年我在中國被禁的《夏日落》，它只在中國的軍事文學和寫實作品中有意義，但擴大範圍就意

義削減了。且範圍逾大，它的意義會愈加模糊和被削減。在禁書中，我希望大家去看我的《丁莊夢》和《四書》，而不是前兩部。而在評論我的作品時，我僅僅希望你們把我當成一個作家，而非「最受爭議」的作家去看待。

我一生的努力，只是希望寫出好作品，當一個好作家，而非要成為「禁書最多和在中國最受爭議」的作家。

二、在中國的寫作環境中，終生寫作而無爭議是值得懷疑的

無論中國作家在國外怎麼講，有的人一口謊言，稱中國的新聞出版是寬鬆的、自由的，有「中國特色」的。還有的人，過度誇大中國在審查中的黑暗和森嚴，乃至為了自己被關注，在國內如沐春風，在國外則一口一個被「爭論」和「被刪、被改、被禁止」。必須承認，中國的出版審查在一九七八年前後是個分水嶺。那之前，在寫作和出版的自由上，是頗有白色恐怖的，是有嚴格政治規範的，超過了這個規範必然會實行「文字獄」（今天也時時會這樣），蹲監和人頭落地是常有的事。比如我所在學校的張志新，因為在一九六八年要堅持說出真話來，就被革命者斷舌和割喉。類似這樣滅絕人

性、慘不忍睹的事件，在十年文革中比比皆是，令人髮指。但在一九七八年之後，中國實行改革開放，經濟上門扉四開，而政治上則半關半閉。尤其表現在言論和出版的自由上，比起西方、外界的言論自由來，中國就是把兩扇關閉的窗戶推開一扇來，且這一扇推開的窗櫺，也是時緊時鬆的，忽而推得窗縫寬一點，忽而又收緊到蝴蝶與蚊蟲皆都不可飛過去。但相比前三十年的封閉和革命之「專政」，這時緊時鬆的一扇窗，已經讓中國的知識分子和作家有空氣可以呼吸了——已經可以時常感受新鮮空氣的美和順暢了——我們的問題正是在這兒——因為有一絲一股新鮮空氣從窗縫透進去，在寫作上作家呼吸、生存、和借助這一縫窗隙的空氣，在四壁高築的牆內載歌載舞了。所以，對外面的藍天、白雲、河流和寬闊的草地也就不再謀求了。正是為此，我以為在中國現有的政治環境、文化生態和現實捆束中寫作的作家，一生的寫作，從內容到形式，從來沒有被人詬病和爭論——不要說被禁止——那是多麼值得懷疑的事。

曾經到過某個在中國享有盛名的作家家裡去，他一生著作等身，在中國幾乎拿了所有的政府獎：茅盾獎、魯迅獎、散文獎、小說獎、舞台節目獎和電影的什麼獎。雖然他著作等身，可那些獎狀和用各種木頭、玻璃、金屬製成的獲獎證，加在一塊卻比他的著作還要高。那些閃光發亮的獎證和獎盃，一個櫃子都擺不下。他一生的寫作都在榮譽

中，爭論和批評，幾乎與他是不會到來的風雨和沒有四季而常年溫暖的花房的事。望著他因自己一生的寫作榮譽而滿面得意、善意的笑容，望著那些獎證和獎盃，不免會使我們內心有一種悲寒生上來。

被禁和被批判，當然不是好事情，因為禁與批判並不能證明你寫出了好作品。但在中國複雜、殘酷的現實境遇裡，被禁和被批判，至少還是可敬的，它在證明著作家為人的勇氣和人格。而一個作家一生沒有遇到過批評和爭論，在只有一扇窗戶忽開忽關的政治抽風般環境中，終生榮譽與獲獎，那就不僅是值得懷疑的，而且是有幾分可憐和可悲的。

中國文壇可以比若有一個圈，這個圈裡關了很多羊。而羊圈的門居然開著一條縫，但那門上還是繫有鎖鏈的。在這種情況下，圈裡的羊有四種選擇：一是安靜老實地守在圈裡，等待著主人的表揚和餵養；二是暴躁莽撞，為了衝出圈籠，不斷地用頭和身子去撞那圈門和圈牆——這暴躁莽撞的羊，牠的命運和結果我們是可以想像的。第三種，因為那羊圈的門留有一條縫，狡猾而自私的羊就有了縮身術，想離開時把自己變成「小人」出去了，去自由、呼吸、觀光了，回來後就又正襟危坐、如魚得水了。第四種羊，牠是坦蕩的、剛直的、真實的，牠想要走出羊圈去，但絕不會去學縮身術，牠用牠的勇

氣和智慧，用牠的犄角和行動，想方設法讓主人把圈門打開來；用自己的方法和力量，去把那圈門打開來。同樣都是羊，第一種羊用懦弱贏來被餵養；第二種用急躁贏來鞭打和辱罵；第三種，用自私、虛偽贏來牠內外生存的風調和雨順；第四種，用行動、智慧和勇氣，為自己、也為別人爭取那自由大開的、永不關閉的門。在一個羊圈完全沒門或圈門鎖死到連一隙門縫也沒有留下時，我們敬重那用頭和身子去撞牆的羊；在羊圈開有半隙閈門縫時，我會投票給那用勇氣、智慧和行動爭取把圈門自由打開的羊。

我們說，在這寫作與審查的縫隙只有半開的現實環境中，中國作家一生的寫作沒有爭議是值得懷疑的；但一生的寫作，部部爭議，篇篇被禁也是值得懷疑的。寧做那種莽撞、急躁的羊，而不做那種溫順、懦弱而被主子餵養的羊；把寫作的信念鎖定在爭取圈門自由洞開的向位上，而不是只有自己進出自由的縮身理想上。寧為圈門洞開死，而不為縮身進出活。如果做不到，也要看得到；如果看不到，也要聽到從那半隙閈門縫進來的風雨和從門縫外面走過去的腳步和笑容。如果這些我們都無法做到、看到、聽到時，那就讓我們為那些用頭撞牆的羊和為爭取圈門自由洞開而行動、犧牲的羊們送去我們沉默的敬重和鞠躬。

三、關注那些不允許關注的，需要作家有更高的藝術造詣和創造性

在禁和爭議、批判的議題上，我們總是會把目光過分集中地擱在所謂敏感和現實的內容上。這是一個誤區，乃至是一個有正義和勇氣的作家與知識分子的陷阱。一個作家的作品沒有藝術價值，如同一個畫家去畫畫時沒有顏料與筆法，只用他的畫筆去蘸那清白的水；或者有太多太雜而激烈的顏料，又不知該用哪種顏料、怎樣用那顏料，就索性把那些顏料堆倒、倒到那些畫布上。顏料是足夠刺眼的，但藝術和方法，卻在那刺目的顏料中間消失了。

把顏料和使用顏料的方法分開是錯誤的。

把內容和藝術的方式分開也是錯誤的。

一個農民在謀求最大收穫時，他總會選取最好的種子和土地，用最精細的耕作方法去耕耘。沒有一個巧把式的農民在種地的時候不流汗。沒有一塊有較大收穫的莊稼地在耕種的過程中是沒有方法的，不講究過程藝術的。「巧把式」，是土地最好的藝術家。

而所謂敏感、現實的內容與故事，則需要更為精準、考究、獨有的藝術與方法，如同更

為特別、肥沃的土地在耕種時，更為需要「巧把式」的種植和作業，不然就等同毫無種植藝術的莽漢去那兒撒種子，他會把草籽和種子一塊撒下去，結果在一片肥沃的綠茂裡，長出一片豐景風光後，莊稼被野草吃掉了，甜果被瘋葉吞沒了。即使那兒有一片好景色，也不過是一片狂花和野草。

現實或歷史——那被意識形態和文藝政策明文規定不可觸碰的「敏感地帶」，大多作家採用的方法是繞道而行或「擦邊球」的觸及，在政策允許和可容忍的範圍內，進行寫作或創造，久而久之，那最現實和最真實的歷史，就留給了那些被世俗視為「犯傻」的作家們（當然還有那些過分聰明、算計，要借「敏感」一舉成名的人），他們以自己的正直和良知，去冒犯政策、政治和意識形態，去書寫那些被政府要從文字中「刪去記憶」的歷史和歷史中的人與事、人與物、人與情感及靈魂。但被忽略的一個問題是，當作家用文學去探求那些不允許被探求的現實和歷史真相時，他們往往被社會正直和勇氣所左右；往往使事實的真相成為壓倒一切的主宰，內心的澎湃與無可遏止的激情，掩蓋了這時藝術的必須，忽略了真相並不等於藝術那樣一個常識的道理。

中國並不十分缺乏正直和富有勇氣的作家。一九四九年之後，那些被規定為「禁區」的歷史與真實，如對第二次世界大戰中誰在抗日、誰在為權力內鬥的真相探尋，

沉默與喘息　072

對解放後一系列革命運動深層的追問，反「右」中對知識分子白色恐怖的迫害，大躍進、大煉鋼鐵和所謂「三年自然災害」慘絕人寰的饑荒，十年「文革」的紅色災難以及一九八九年那場學生運動的來龍去脈與即將被徹底忘卻的結局，如此等等，幾乎都有作家的正義、勇氣去涉獵、掃描和動心動情的書寫，但無論如何，我們既沒有《古拉格群島》那樣偉大的非虛構作品，也沒有《齊瓦哥醫生》那樣優秀的虛構小說。中國在第二次世界大戰中死去的人數為二千萬，可卻既沒有如西方那樣一批又一批為戰爭和所有生命的反省之作，也沒有一部對戰爭中平民消失的真正充滿情感的憐憫之作。而幾乎所有的文學藝術之呈現，都是一種對黨派、戰爭和英雄的頌歌。著名的「南京大屠殺」，近期開始有電影的介入，而那電影中對傳奇、票房和國際獎項的追愛，遠遠大過了對戰爭的思考和對人的生命的悲憫。關於「反右」和三年自然災害，有作家寫出了《夾邊溝記事》和《定西孤兒院》那樣兩本紀實小說來，其作家的良知和勇氣，值得包括我在內的所有中國作家的跪拜和叩首，但無論是作為紀實還是作為小說，那兩本書中所留下的藝術缺憾，想來也讓人心痛和追悔。為什麼會是這樣的結局？原因極簡單，就是中國第一流、最有藝術才華和創造性的作家，一般來說，也都是那個社會的既得利益者，他們聰慧到寧可繞道，也不去觸碰那些不允許觸碰的歷史和現實、真實和真相。他們大多都被

收編到了「組織內」的行列裡，而有這種良知和勇氣的作家們，因為造詣、創造力和對文學藝術的認知力，還並不能真正從藝術上——從藝術的本身去駕馭和把握那沉重、巨大的真相和歷史。也因此，在今天，在我們要去面對那些「不允許」和「禁區」的寫作時，我們要拷問、追究的，不僅是我們正直、純粹的高度，還要懷疑自己對此把握和創造的能力。面對那些「不允許」，作家可能寫出被爭論和禁止的書籍時，是需要比「被允許」的內容、題材、故事有更高的藝術修養和創造性。這種藝術性和創造性，不是為了用藝術去逃避審查和責難，不是為了迴避、抵擋那種「為敏感而敏感」的苛刻說道與留下諸多粗糙的遺憾而讓讀者詬病的預防，而是更敏銳的題材，需要有更具創造性的藝術去匹配；是為了告訴讀者一個簡單的事實，在諸多作家都在「允許」中進行「安全的藝術」創作時，少數正直的作家走進「不允許」的現實和歷史區，他不僅是為了他的正直和良知，而且同樣是為了藝術和更藝術，創造和更創造。

四、被禁止的未必被遺忘，被肯定的未必就存在

如果贊同這種說法：寫作的目的之一，就是為了延伸人和人類的記憶。那麼，作家

在時間的河流中漂泊或放排，划船或汎游，都將只能從時間的中途進入或終止。河流的長度總是遠遠寬於、長於我們這些汎遊和放排者生命的始末。作家寫作的生命與時間，都只能是那河流的一段、一部分。如此，最終來衡量作家作品的意義──它們延長沒延長人類和人類的情感與事物記憶；它們延長的那些記憶對人類有多大的意味，不是作家和當下說了算，而是要靠河流、時間和未來做裁定。

在這承載著無數記憶的河流上，寫照著如下一句話：

被禁止的未必被遺忘，被肯定的未必能存在。

禁止是為了遺忘，肯定是為了存在。這是所有國家對文學進行非藝術行政干預的目的。中國的偉大經典《紅樓夢》，最初是被皇權視為淫書禁止的，但《紅樓夢》中所延伸的那個時代人的情感的記憶、靈魂的記憶與中國方塊字偉大魅力的記憶，卻在時間的河流上，漂漂蕩蕩地走來，也必將顯顯赫赫地走去。《金瓶梅》這部偉大的小說，直到今天也不能在中國開禁和印刷，但幾乎所有的文人家庭裡，又都有著來自開放區域台灣、香港乃至澳門的印刷和承傳。連《肉蒲團》那樣一部藝術上簡單、簡陋的明清小

說，也反而因禁而被後人閱讀與研究。反之，中國有太多的「紅色經典」，每年都被宣傳和再版，被教育部門的文件強硬地規定在「必讀」之行列，而實質上，這些書籍除了文學史的史意外，怕是離社會的「自然閱讀」在漸行漸遠著。可以設想某些「紅色經典」在一個時代的「紅光」，到了社會發展到另外一個階段而變得黯然無光而乏人問津那境況，如同可以設想《紅樓夢》在走出禁書之後的經典和被經典、傳世和被傳世的盛況盛景樣。

當然，把被禁止未必被遺忘，被肯定未必就存在的語意反過來，也還可以說，被禁止未必就傳世，被肯定也未必不久留。黑與白、好與壞、經典與庸常、流傳與終止，都不是禁與不禁或肯定和否定所左右。但在被批評和肯定的天平上，有個良知的砝碼在某一階段會偏移向被批判的這一邊。這不是寫作的投機和捷徑，這是讀者對正直的敬意，是對寫作信仰的表達。但秉有這種良知的作家，僅僅仰仗正直和良知是不夠的，除卻良知，他還必須有更高的藝術追求和創造力；必須要明白，對正直追求的信仰可以保證你一時「被禁止未必被遺忘」，而獨具創造性的藝術和最終對人的魂靈的懷疑、苦問和愛，才會使那「被禁止」成為更長久的記憶和人類靈魂在苦痛中尋找的路標和閱讀的根源。

五、在選擇唾棄和接受上，我選擇被唾棄的這一邊

幾乎在全世界、各國各地都會用那個最世俗的故事讓當事人去進行最兩難的選擇。

即：母親和妻子同時落入激流時，在你只能救出一個人的景況下，你是先救妻子還是救母親。問的人是在這個問題中預設了道德陷阱的，無論先救妻子或者救母親，道德的唾液都將會把你淹死掉。

面對滔滔的河水，如果必須選擇盡快救出一個人——母親或妻子，我會首先救出那個對未來家庭更有意義的人。我對其負責的不僅是妻子或母親，還有那個注定在未來殘破的家庭和黑暗的來路。如果對殘破家庭和未來的黑暗更有益助的是母親，我就救母親；是妻子，我就救妻子。那被滔滔洪水捲走的，母親或妻子，她若理解我的一番苦意，那是我的靈魂在未來充滿無助和糾結中最大的安慰。不予理解——哪怕她——母親或妻子，在被洪水沖走前喚出了一聲對我最後的咒罵，那就讓我背著這一聲巨大的咒罵夥同未來一塊活下去。

作品被肯定、作家被頌讚，無論在何樣的國家和社會，倘若不能說這都是作家的喜

悅和追求，但也一定不是作家的反對和厭惡。今天中國的現實是，文學所處的環境，恰就到了一個作家需要選定是先救母親還是妻子的關節上。因為在強有力的意識形態和權力面前，市場是可以被權力操控的。權力操控著各種市場的大與小、冷與熱，一如權力可以讓股市暴漲或暴跌樣。讀者（大多數）也是被權力操控的——因為權力數十年地管理著所有的報紙、電台、電視台和現代通訊中的微博、微信等可以傳播的一切渠道（在我在整理這篇演講稿的今天，報紙上公布了在微博、微信中「造謠」被微博、微信轉播五百次，「造謠」者即屬違法可拘的國家法律新規定，在中國有兩億人使用手機這一現代工具，一條新聞被手機轉發五百次，就像一口水能分出五百、五千、五萬粒水珠一樣簡單和容易。而造謠是應該背負法律責任的。問題是怎麼去區分純屬「造謠」和誇大；不屬實和完全虛構、擬造呢？又是誰來鑑別這「造謠」和「誇大」，或者不實與基本屬實的在許多時候都相當模糊的界中呢？如果「揭示」、「揭露」的基本屬實屬於造謠，那麼歌頌的虛擬、誇張又是不是造謠呢？）在一切傳播的渠道都被管理、管控時，其實讀者（絕大多數）也就被管理、影響、統一了。連民間的娛樂和悲苦也被管理統一了。

今天，中國允許你「娛樂至死」，而不許你任意思考的現實；允許你以金錢為信仰，將瘋狂的拜金主義推向聖明的高度，不允許你對信仰的自由選擇和虔敬。如此情況到了文

學上，也就有了「允許」和「不允許」。允許你選擇「讀者至上」、「市場第一」、「歡樂萬歲」和「純粹藝術」的追求和「唯美主義」與「純技術主義」，但不允許你選擇「藝術真實的探究」和文學對現實中人的靈魂的不懈追問。頌則褒之，問則遏之。這就形成了兩種態勢，把最複雜、豐富的現實，在無形的權力操控中，分為了幾乎被人人接受的寫作和被眾多唾棄的寫作。在這個切割、分裂的過程中，有時權力是直接介入的，比如幾乎所有文學藝術的評獎和審查。而在更多的時候，則是通過對市場的培育和對人們閱讀趣味以及對作家寫作走向、追求的引導、牽扯完成的。當眾多作家的寫作追求與市場、娛樂和讀者以及被允許的「純文學」、「唯美主義」、「技術主義」、「正能量」都形成一個共同被接受的陣營時，連那些最有才華、前程、可能寫出偉大作品的作家，也都被界定在「接受」和「允許」的一邊上。而另一邊，就只有少數被唾棄、拋離的作家和讀者。於是，少數作家就被鮮明地拋向了眾多和文學的對立面，被劃定在了「非文學」和被唾棄的一邊上。這時候，那種曖昧、模糊的界定沒有了，就只還有堂堂皇皇被接受和鬼鬼祟祟的被唾棄。於是，作家就成了站在河邊是先救妻子還是先救母親的人。對於作家，無論你是選擇市場或讀者，或是選擇所謂的「純藝術」、「唯美主義」的「正能量」，你都必然跌入那個道德和名利的陷阱裡，都必然成為被唾液淹沒的

人。

既然被推向河邊成了必須選擇的人，那就選擇唾棄和讓唾液淹沒吧。

我不僅是選擇母親或妻子，而且是選擇對未來殘破的家庭、家園的補建更有助益的人。

在被接受和唾棄二必其一的過程中，我選擇被唾棄和被唾液淹沒這一邊。

在讀者、市場和「純粹」的藝術、技術都已經被權力整合為被接受、容納的同一陣線時，他們不是彼此共有，而是共容、共榮與共存，而此外的寫作則成為少數、爭論和被禁止。這一切割、裂分形成後，不是你去選擇，而是你「被」選擇。不是你主動的走向和走去，而是你被選擇後的推向和推去。不是你不想與眾多讀者結合與溝通，而是眾多的讀者「被培養」、被養成之後被界定，而你的那些讀者則因為界定、劃線成為少數、成為也被眾多口水淹沒的人。格局已經形成，既然是「被」選擇，何不主動去選擇。所以，就讓我站在多數的對立面，站在絕對多數讀者唾棄的角位上，讓來的來，讓去的去，成為一個用筆蘸著現實的鮮血和眾人唾液而為自己的文學造墓的人。

六、我的文學之路，必將愈走愈窄

歲月、年齡、現實和環境，讓我變得虛無、虛妄和沉重。我不再對中國的現實抱有太多變改的理想，也絕不指望文學可以對現實改變什麼。唯一期冀的是，我不能改變現實，但希望現實也不要改變我。然而事情的結果往往是，我無論怎樣努力，都幾乎沒有改變過現實；而現實，每天每時都在改變著我，改變著我的文學和文學觀。

幾乎所有的同仁和朋友，都在告訴我說，你的《年月日》、《耙樓天歌》和《日光流年》那一時期的創作太好了，為什麼不繼續那樣寫作呢？我笑笑，很無奈地答：「過了那個村，已經沒了那個店。」為什麼過了那個村就沒了那個店？因為中國時代不是那個時代了，中國的現實不是那個現實了，屬於我的現實心境也不是那個現實心境了。我們的寫作，總是要隸屬於現實和心境的。是現實改變了我和我的文學，不是我和我的文學去創造、塑造、改變或固守著我的現實。

寫完《日光流年》之後，我寫了《堅硬如水》。可《堅硬如水》這部小說，是被審查者認為「紅的黃的都犯忌」，倘若不是出版社的負責人是責編，親自到北京疏通各

種管道和關係，那本書早就被禁了。《受活》大家也都說是部了不得的好小說，可我是因為寫了《受活》，被一腳踢出軍隊的。《為人民服務》的寫作和查禁，各種語種出版時，為了銷售也都已經或多或少地把景況寫在了封面、封底上。而關於《丁莊夢》，讀者會說《為人民服務》出了那麼大的事，你為什麼還要去寫《丁莊夢》？這不是頂風作案，想要藉機名暴天下嗎？可有誰會明白，我是因為《為人民服務》出事才要去寫《丁莊夢》──因為我想「主動」，想「表現」，想告訴所有的人，我是愛生活、愛現實、愛現實中所有的人。我是因為愛、因為要表現我對現實生活的好，才要那樣去寫作──

我以為我在《丁莊夢》的寫作中，最大限度地包容、寬容了現實和歷史，對歷史進行了最大的妥協和讓步表達了我對現實的熱情和對人的愛，可結果，《丁莊夢》出版之後，這種愛成了我寫作最大的墳墓和滑鐵盧，它不僅被禁了，而且我也被這個社會「認定」、「界定」了，成了最不受「待見」和專門「頂風作案」的人。

關於我的被爭論、被禁止、被界定，可以寫成一本書。但在這個過程中，讓我千思百慮，一天一天，一年一年，終於悟出一些道理來，那就是：

在中國作家中，作品被爭論、被禁止，大多不是作家有意而為之，而是無意而為之。不是愛爭論，愛禁止；而是被爭論，被禁止。不是作家需要爭論和禁止，而是這個社會

需要爭論和禁止。

二是爭論和被禁，不是好事情，也並非壞事情。它至少表明著你在寫作中還有正直和坦蕩。既然還有些作家的正直和坦蕩，那就把這一絲好的文學品質留下來。因為作家沒有能力改變社會和現實，他們全部寫作的力量都不可能大過文件、政策和公文中的一句閒話及權力者們的一個點頭或搖頭。藝術的目的又絕非這一點，那麼，寫作既然不會改變現實，就力求現實不要改變作家吧。就把這一絲品質堅持著，留下來。

第三，作家的這一堅持和保留——不希望被改變的結果必然是，他自己把自己領進一道窄門去，讓作家和社會、環境與眾多的讀者愈來愈隔膜，愈來愈疏遠。因為堅持有時候不僅是堅持，堅持久了就是一種背叛了；保留有時候不僅是保留，保留多了就是反對立場的鞏固了。如此間，我漸次明白，你還因為堅持和保留，因為不想被改變，必將會持續不斷地被爭論、被禁止。如果你仍然在堅持中，但爭論和被禁止卻已經停下了，那就是因為你無變化，而社會變化了。可那是多麼遙遠的事情哦！多麼困難的事情哦！困難到如雞蛋和石頭相撞時，雞蛋完整著，石頭卻破了。

我並不抱有如雞蛋完整、而石頭破碎的幻想，只是希望破碎的雞蛋還有新鮮感，蛋清蛋黃還是鮮豔的，讓閱讀的路人——那部分少數的讀者，不會那麼反感就行了。既然

爭論是人家要爭論，禁止是人家要禁止，這些都與你無關；你只是想寫作，想以你對人、世界和文學的認識，寫出好作品；你只是希望強大的社會、盛世的環境、無邊無際的時間不要改變你，只是希望你成為雞蛋破碎時，那蛋清、蛋黃還保有新鮮的顏色和味道——如此罷了，別無他意了。那麼，就從今天開始，請讀者不要再說我是中國最受爭議、禁書最多的作家了。說我是中國作家就行了。說我是一個有些正直並有些獨立個性的作家就足夠了。

05

我的一份文學檢討書

我每天寫作中不安、焦慮的，其實是在寫作中不知該怎樣面對今天的中國和現實。不是沒有故事可寫，不是沒有能力去寫故事，而是沒有恰切的態度去面對豐富、荒謬、奇異的現實和故事。

有一個認識的習慣：一個人愛另外一個人，我們通常是看他或她為對方做了多少事情與犧牲。這是一種對愛的常識性總結和情感重量的估價，會讓那總結和估價的人，充滿著自慰和意足。但還有另外一種對愛的估價和總結——因為他（她）對對方愛得過深，深到無法自拔時，他和她並不去回望自己給對方做過什麼事，而是永遠在自責自己哪些事該做時而沒有做，該做得更好而沒做得那麼好。

可以聊以自慰的愛，是通常、自然的愛。

而永遠讓自己內疚、自責的愛，則是更為深層的愛，是一種苦。是因愛而苦，因苦而愛。

對於文學與自己的寫作，我想我對它的愛，是接近這個境地和苦痛的。因為在我獨自靜坐時，獨自在書房發呆時，望著那些自己出版過的作品時，會經常捫心自問說：它們不是垃圾嗎？它們再過五年、十年，或者到了你死亡之後，這些書還會有人去閱讀嗎？因為總是這樣的懷疑和自問，就常常油然而生一種因愛而苦的痛、的恨、的無奈，常常讓自己失去寫作的信心。因為產生因為沒有寫好而苦痛、而懊悔，而失去下一部寫作的信心，也就不得不慢慢地重新嘗試著一種新的、或自以為新的寫作的開始。

十年前，《受活》出版不到兩個月，中國的一個著名作家買了《受活》在家看了沒

幾頁，憤怒地把《受活》撕得粉碎，並罵道：「老子從此這輩子不看他的書！」我不知道《受活》哪兒讓這位我尊敬的同仁這麼火，也不曾記得我自己哪兒曾經得罪過他。也許我在文學上的表達有些荒野、生硬和義無反顧，但在生活中，我大體還是和藹、謹慎的人。因為在寫作中對人和社會有過多的冒犯和得罪，反而在生活中希望對人對事是有所補償的。可是，我真的回憶不起我哪兒對這憤怒撕書的朋友有過不恭和不慎。於是，就回到《受活》和我的寫作上，開始不懈的總結和回憶哪兒寫得不夠好，哪兒寫得很不好。也就始於此，我開始時常獨自地問自己，審自己：你是一個說得過去的作家嗎？你寫出一部兩部好的作品沒？你的寫作中到底存在哪些問題呢？一連串的問，如同一個法官拷問一個有著過錯、罪惡的人，終於也就漸漸清晰、明瞭地知道了自己寫作中的許多過錯和遺憾，知道了這種最最重要的錯懺有哪些。

一、面對豐富、複雜的中國現實，而自己的寫作總顯得簡單和偏頗

很早時，我說世界上沒有任何一個國家的現實能比中國的現實更為荒誕、複雜和豐富；中國生活中發生的真實故事，幾乎比世界上所有作家的想像都更難以想像、傳奇和

經典。那時候這樣說，還生怕別人議論自己是有幾分譁眾取寵的人。可現在，幾乎所有的中國作家都這樣認為了。這已經形成一種中國作家的文學想像無奈於生活真實豐富、複雜的共識了。

我們怎麼能夠想像收容所中「躲貓貓」的捉迷藏會使一個大學生的頭碰上牆壁而死呢？怎麼能想像一個收治站（單位較小的收容所）在成立不到一年的時間裡，收容老弱病殘一千多人，而非正常死亡率高達百分之十，每月都要平均死去上十人？

怎麼能想像中國陝西的「黑磚窯」，長期數年，是用聾啞殘疾人在高溫四十幾度的磚窯中出窯背磚呢？

怎麼可以想像不久之前，上海的黃浦江中漂過了一萬多頭農民養大的死豬呢？杭州的河面上，莫名其妙漂過了無計其數的死鴨呢？

怎麼可以想像，某省的高法院長，是中國執法部門的優秀幹部、優秀的反貪局長，可他在因故猝死之後，不說有上億的資產，卻還有四個都持有結婚證明的合法妻子和六個孩子呢⋯⋯

發生一件事情是偶然的。若是十件、二十件奇特事情接連不斷的發生，那麼它們彼此之間就有必然聯繫了。而當這樣聞所難聞、奇之又奇的事情每月、每週或幾乎每天都

在那塊土地上發生時，我們就不得不認定，不是某幾件事情的具體問題了，而是那塊土地——中國的現實，出了無人能夠把握和醫治的問題了。

經濟是高速發展的，建設是一日千里的，可人和人心的變化也是瘋狂到不可思議的。今天，作家必須看到，中國現實那種充滿朝氣的蓬勃和那種蓬勃到不可思議的扭曲；必須看到，有股盛世強大的發展力量，正在掩蓋著人的精神被撕裂的焦慮和憂傷。

人是活著的，都在各大城市和鄉村，正為金錢、虛妄和美好的未來在忙碌，而人們的靈魂，卻正在朝著黑暗幽深之處墜落和下滑，正朝著死亡奔跑和追趕。就是說，今天是活著的人，卻是死靈魂。面對活人的死靈魂，面對這蓬勃而扭曲的現實、荒誕而不可思議的幽黑傳奇的真實，文學的想像無能為力了。作家對迅速發展和變形的人心與生活，失去應有的把握能力了。

簡單說，現實的生活是一片荊棘的新蠻荒，而我們想要踏入這片新蠻荒的雙腳，卻是穿著老舊的草鞋或布鞋。這草鞋與布鞋，不能把我們真正帶入新蠻荒的內部去，不能讓我們看到新蠻荒中的新發生和新糾結，新矛盾和新塌陷，新的生命力和人的新的妄與苦痛。我們因為不敢、也沒能力踏入那中國式新發展的新蠻荒與新的充滿朝氣的荊棘林，也就只能站在這片林地的邊緣、周邊去觀望、欣賞和猜測，但那種來自現實本身

的、刻骨銘心的經驗和體驗沒有了。那種刻骨銘心到讓人心靈刺痛的感覺沒有了。因此在我們的寫作中，那種簡單而偏頗的「旁觀者文學」的出現，就再所難免了。

我對撕掉《受活》的朋友是有一陣子心酸的；但對他也是心存感激的。因為是他讓我重新去認識中國的現實與現實中我們的寫作，是他讓我從《受活》開始，不斷思考現實的荒誕與複雜，而我自己的寫作，相比當下之現實——尤其在自己的小說試圖要根植現實時，才明白自己小說的簡單、簡陋和粗直。我也從此更加關注這位同仁的寫作了——他確實是一個好作家。他的小說中有很多我自己的寫作無法抵達的妙處和境地。

而自己一系列和中國的歷史、現實密切相關的小說，如《堅硬如水》、《受活》、《丁莊夢》、《風雅頌》和《四書》等，相對現實的豐富性，則如一棵樹與一片林，一碗水與一條河。到今天，有讀者說在中國作家中，閻連科的小說最具現實意義時，我會有一種羞澀感、自愧弗如感。因為我知道，現實如黃河水樣渾濁與奔騰，而自己的小說，則不過是極淺極淺的一口井，人伏在井口上，能看見自己的倒影在那水面上。井水清澈是好的，而把黃河寫成一口井或一口井水的清，那就不僅是失敗的，而且是羞愧於生活的，無顏面對文學與現實的。

有人說，閻連科的小說面對現實總有那種焦慮感，有一種閱讀的不安埋在小說中。

這時我就不知人家是表揚還是批評了。是一個作家面對荒謬的現實，是該站在現實的對立面去審視、審訊它，還是該身在其中去有一說一、不做任何理性判斷的自然主義的描繪和狀寫。無論你對現實採用怎樣的目光和判斷，對現實、對現實中的人和人的精神與靈魂，無論是客觀冷靜的描繪和映照，還是理性正直的判斷和分析，都是簡單的、粗魯的。而像杜斯妥也夫斯基和卡夫卡那樣，無論如何、無論怎樣、在面對人的生命和境遇時，都一味地保持著愛、憐憫和無奈的不安與焦慮，再或像卡繆那樣，對人和現實都保持一種冰寒的距離感，他們都有一個對人和世界偉大的態度。但是，這事情到了我，到了中國作家的身上，那些經驗、態度都有些生不逢時了。因為在今天中國的現實，今天中國現實中的人、人心和靈魂，已經不再是十九世紀的俄羅斯，也不是瘋狂擴張時期的歐洲諸國家。和二十世紀的美國也完全不一樣。對於今天中國的現實和現實中的人，批判、諷刺、揭示或一味地悲憫與愛，充滿熱情的擁抱和保有冰寒的距離，似乎都是簡單的、偏頗的和以偏概全的。

從更具體、更深層的角度講，應該對中國現實和現實中的人，保持怎樣恰切的態度，這是我們——中國作家遇到的真正的難題，而不僅僅是大家說的我們失去了對複雜的現實把握的能力。我相信，今天中國出生在五、六〇年代的一批作家，從閱歷、閱

讀、思考和寫作經驗的歷練，都到了最有能力把握現實、人物、故事、人心的最好時期，而我們今天所真正不能擁有的、失去的，是面對今天如此渾濁、複雜、交錯、荒謬的現實時，我們沒有了面對這些恰準的態度，失去了認識現實的方法和最恰當的立場與距離。

因為用任何過往文學的態度面對今天的中國和現實，都是簡單可笑的，簡陋、粗魯的。

我每天寫作中不安、焦慮的，其實是在寫作中不知該怎樣面對今天的中國和現實。不是沒有故事可寫，不是沒有能力去寫故事，而是沒有恰切的態度去面對豐富、荒謬、奇異的現實和故事；用怎樣的目光、態度、立場去打量和審視這一切。舊有的目光和態度，哪怕是偉大的悲憫與愛，我都以為是單純、單一和無奈之後態度與立場的某種妥協和不得已。

二、獨立性中的軟弱性

年齡大了，漸漸學會了包容。

一如隨著親人生命的失去，自己開始更加理解那些與自己有血緣關係的人——父母和兄弟姊妹身上所有的缺點樣。我經常想，如果我的父親、母親，他們也一樣是我的父母親。如果我的哥嫂、姊姊是殺人犯，我可能會為他們去犯包庇罪。

我知道，我不應該苛刻中國別的作家寫得怎麼樣。也沒有資格去苛刻別的作家寫什麼和怎麼寫——因為中國的現實是產生各樣作家最肥沃的土壤——寫的怎樣，怎樣去寫，都有其合理性。但隨著年齡、身體日漸的增加和高弱，我對自己的寫作愈發變得謹慎、膽怯和苛刻。我最苛刻自己的，是作為一個作家寫作的獨立性。因為我知道，自己太容易被權力、金錢和名譽所誘惑。太知道，一個出身貧寒的人，有了一些成功後，最易夭折、跌倒在權力、金錢和榮譽上。

中國的短命皇帝李自成，一生苦戰，而最後敗在自己成功之後的地位和腐敗中。中國的現代詩人郭沫若，才華橫溢，風流倜儻，而最後使他過早才盡的是他缺少獨立性的人格和對權力與地位的膜拜。中國作家熟悉的美國作家費茲傑羅、凱魯亞克和柯波帝，在我看來，他們的寫作都不缺少獨立性，但在生活中卻有太多的軟弱性。戰勝並奪去他們生命的，是他們面對人生和生活不能抵禦的誘惑和軟弱性。而我的寫作與人生，絲毫不能和這二人相提並論、同日而語，但我的身上，卻正在集合著這二人地位與生活的腐

敗性和寫作中被消磨的獨立性與日益增長的軟弱性。

一句話，我的寫作缺少獨立性；而生活中，又有太多軟弱性。

二〇一一年，我經歷了中國作家在社會發展過程中的獨有的「強拆」事件。是政府和開發商把房子賣給了我，而又是政府以「此房無人居住」為由，所以為違法建築的名義強以拆除。我曾經為此上書中國最高領導人，曾經試圖以公眾和媒體的力量，做一個抗拆和捍衛人權的人。但最後，是我妥協了，沉默了。這其中，除了權力和警察的力量與恐嚇，使我妥協和沉默的更大原因，是我人格中的軟弱性。

表現在寫作上，自《為人民服務》的事件後，在寫作《丁莊夢》時，我是經過一個嚴格的「自我審查」的。今天大家讀到的《丁莊夢》，可能是一部尚可及格、說得過去的一本書，但只有我知道，我是怎麼自己對自己審查的。只有我知道，如果沒有對中國審查制度的文學恐懼、寫作警惕和自我審查的約束，《丁莊夢》應該是怎樣一部書。

《風雅頌》的出版與修改，簡直就是一個作家人格缺陷的鏡子和軟弱性的實踐圖。

《四書》是一部沒有出版的書，也是自己有意在無法擺脫他人審查、而一定要擺脫自我審查的一次嘗試與努力。是自己在寫作中讓獨立的人格更加完善的修補和生成。

中國的寫作與出版，絕對不能簡單說那些每部作品都出版的作家，他們的人格就一定缺

少獨立性和太多軟弱性，但就自己的寫作與中國的現實、歷史的關係看，如我這樣的寫作，想出版是要向審查和權力讓步、妥協的；要在自己的獨立的人格中，挖掉一塊、再挖掉一塊的。

我們現在時常可以聽到中國作家在國內、國外說，我們對付審查是自有辦法的，比如說在中國不能談「六四」，那中國網民就說「五月三十五日」，或「六月的第四天」這是事實，也是幽默和智慧。但更是一種軟弱性和妥協性。是人的獨立性被權力咬掉一塊後自癒的傷口。我不因此為中國人感到有幽默、智慧和驕傲，而只感到獨立性被削弱的心酸；感到人格被自我矮化的無奈。事實上，當一個作家沒有權力、也不爭取在言詞上可以說出「一九八九年六月四日」，而說出「距九○年還差一年的五月三十五日」時，你已經失去了寫作的獨立性。你已經為你的軟弱性贏來的弱小、安全而感到滿意，宛若阿Q把藏在心裡的罵，當成自己向社會、對手的反抗和還擊樣。

我為此感到一種悲哀和傷害。

努力不做那種把「六月四日」說成「五月三十五日」的人。這兒沒有一定要使自己和別人不一樣，只是想：權力可以在自己的獨立性上咬一口，挖一塊，打折一條腿，讓我的獨立性永遠是癱的、瘓的，無法站立的。但是我自己，最好不再用這種軟弱性去養

育那癱瘓的獨立性。

說到作家寫作的獨立性，中國作家要深深感謝台灣和香港對大陸出版的彌補與整合。尤其台灣的出版業，對中國文化、文學完整的盡力存留，一如一個智慧、善良的僧人，對所有乞討者的愛。對中國大陸當代作家那些有價值而不一定真正贏利的文學、尤其那一種種原因無法出版或遭遇刪改的作品，他們幾乎是百分之百的出版和保存。台灣的出版業，對一個民族文本原貌完整性的尊重，如同一個母親對一個個孩子無論俊醜、高矮，或者殘疾的一視同仁和寬厚無邊的愛。這種完整性的出版，對大陸作家寫作的補缺性，也在相當程度上給大陸當代作家寫作的獨立性給予著營養和鈣補。也因此，讓許多作家在寫作中更為放開和自由，在自我審查的環節上，嘗試著自我的解放、自由與抵達——畢竟許多作家，都在這兩岸的出版中間找到了過河的橋板和路徑，開始在寫作中，以更為自由的心態、想像去抵達藝術真實的最高點——完成寫作之後，把完整的存本交給台港版，把不得不刪改的殘本留給大陸的出版社。這是獨立性中的妥協，卻也是軟弱性中的補缺。所以，相當一部分中國作家和讀者，以及未來歲月中的文化與文學，都是要深深向台、港出版鞠躬的。

尤其我這樣在寫作上獨立性不定，而在生活中軟弱性盈餘的人，更是要深深地感謝

台灣的出版社和出版人，我想我在把自己從自我審查中解放出來的徹底性，就不會是今天這個樣兒的義無反顧和坦蕩，那對於想像和藝術探索的高遠和勇氣，也一定不是今天這副模樣兒。對完整文本的尊重，我想我在把自己從自。如果沒有他們出版業對完整文本的尊重，我想我在把自己從自

當然，也要含淚感謝權力讓一個作家在國內出版不容時，允許他在海外的出版和存在。比起三十年前，這也是一種進步和寬容。那時候，一個作家在國內被禁後，而由他自己安排海外出版，那是要蹲監和殺頭的。現在不會這樣了。包容和寬容這些了。這不僅是一個作家的心血文本得以存留的事，而且是一個作家的人格與獨立性，在失去一條腿腳後，權力容忍他用一隻獨腿或借助拐杖站立起來的事；沒有讓他徹底倒在、跪在軟弱性的跪墊上，朝著權力鞠躬和進香。

因此，在這兒，我也向包容感激、感激、再感激！

三、有沒有一條最獨有的敘述路徑在筆下

面對浩瀚的文學與經典，有時候，作家最恐懼的事情不是現實的複雜和權力的壓迫，不是讓你寫和不讓你寫，而是你怎麼去寫、你能怎麼寫的事。有一次，我和日本著

名的詩人谷川俊太郎在一起——順便說一句，谷川俊太郎幾乎是世界上獨一無二靠寫詩而能在日本把生活過得很好的人，不如日本作家村上春樹那麼有錢花，稿費如山，可比起拿諾貝爾文學獎的大江健三郎的收入，可能還是高許多。從這個方向上，大家就可以知道這個詩人在日本的家喻戶曉和在世界各國的出版和知名度。可我和他在一起時，談到中國的寫作環境、出版制度和作家獨立性這個問題時，他沉默良久，用極其真誠的態度說：「中國作家太幸運了，一部小說只要包含了作家的獨立性，就可以讓權力如此緊張和不安，那作家的人生實在太讓人羨慕了。」

我無言。

不知道該向這位大名鼎鼎的詩人說什麼。

但是我知道，谷川俊太郎的詩，在中國贏得廣泛的喜愛，不是因為他的詩中有索忍尼辛、歐威爾和凱魯亞克、艾倫‧金斯堡、海勒、米勒、納博科夫等作家在作品中表現出的人和寫作的獨立性而被讀者所接納，而是因為他的詩中有著最獨有的韻律、敘述和對人與世界的感悟而被讀者所喜愛。有時候，一個作家的獨立性是一件事，最獨有的藝術敘述又是另外一件事。而獨立性與獨有藝術最完美的結合，那是一個小說家夢寐以求的至高境界。這一點，偉大的《古拉格群島》和《一九八四》，成為了不成功的成功之

反例；而《洛麗塔》，則成為因為成功而成功而非偉人之正例。在我知道並警惕著我的寫作缺少獨立性時，我還時時疑問警惕的是，中國作家有一天獲得作家可能的獨立性時，是否能獲得並保有著最獨有的小說之敘述？

回到中國文學上去，回到我自己的寫作上。

你講的故事是你自己的故事嗎？

你的人物和情節與細節，是最中國、最個人化的嗎？

你語言中的機碼是你的自己創設的，還是別人語言中的機巧被你撿拾過來的？一如同樣使用1、2、3、4、5、6、7的音符，你譜寫的歌曲、旋律聽來是新鮮、陌生、優美的，還是動聽、流行卻令人熟悉而似是而非的。

建立一種全新、獨有的敘述秩序，在你的寫作中，你嘗試沒嘗試？嘗試了是失敗還是有幾分成功呢？

中國的批評家，在研究、論說中國的小說時，絕大多數都是用西方的文學理論來佐證中國小說的藝術，或用中國小說的藝術來套用西方的文學理論。這如同一個足球裁判，總是說你把我們的足球正確地踢進了人家的人門裡；或者是，裁判判對方踢起的足球，拐彎抹角飛進了我們的球門裡，而我們也理應得分樣，理應為這個烏龍而歡呼。不

知道是因為中國批評家從來都沒有屬於中國的、自己的小說理論，還是因為中國的小說家，從來都沒寫出「中國小說」來，所以批評家不得不以西方理論來研讀你的小說。烏龍球的發生，終歸不是一件好事情，哪怕是因為對方的烏龍而讓我們取勝也如此。

獎盃是捧了起來的，可心裡那股苦辣難言的滋味，卻是自己心知的。

作家不要去苛求批評家，應該首先去檢討自己的所謂創造和寫作。

要承認，我們今天的寫作，從西方的認知和技術層面汲取太多了。

要明白，到了我們不是要從西方的寫作經驗中汲取什麼，而是要擺脫什麼的時候了。

終歸要走自己的路，那為什麼不及早退出來，去走自己的寫作之路呢？這種退出，不是一屁股蹲回到中國的傳統裡面去，而是在對西方無論是認知還是藝術之機巧，有足夠的汲取後，更明晰地認識東方文化的偉大意義，認識傳統的未來意義，然後一腳是西，一腳為東，從而創造出獨屬於我們東方的、中國的、作家自己最獨有的對文學的認識和方法論。

我們要完成獨屬於中國的、自己的文學現代性。

在世界文學的敘述秩序中，要有東方的、自己的敘述秩序在其中。

就我的小說言，最早被讀者和批評家說它荒誕、諷刺、黑色幽默、魔幻和現代或後現代時，我心裡是有著竊喜的，因為這是和西方及拉美小說聯繫在一起去並說並論的。可現在，讀者和批評家，再這樣去討論我的小說時，我就有了一種挫敗感。他們愈是說得認真，有理有據，無懈可擊，我的那種挫敗就會愈發地加深和加重，彷彿一個在考試中抄襲的孩子，愈是被表揚，愈是會心慌，乃至會有一種敘述缺少獨有創造的絕望在其中。我曾煞有介事、也煞費苦心地在中國文學和自己的創作提出過所謂的「神實主義」，還為此寫過一本所謂的文學理論小冊書，叫《發現小說》。這本十萬字的所謂理論，除了談我個人——純粹個人對十九、二十世紀世界文學的認識外，提出了中國小說東方式的「神實主義」，在中國遭到很多批評家的冷諷和嘲笑，他們的不屑，如大神不屑廟客窮其所有的一炷香。但是對於我這個窮廟客，在這炷香的繚繞中，一方面是我祈求對西方文學有一種抗拒和擺脫；另一方面，其實也可以看成對無法徹底擺脫的認同。

這炷高香所要說明的，就是即便西方文學的敘事藝術，像烏雲樣罩在頭頂上，作家（我）也要能撥雲開霧，去找到能獨照自己的一束陽光來。或者說，即便西方文學敘事的光束像烈日一樣照在頭頂上，我們也要找到中國的一片荷葉、蒲扇遮在自己頭頂上。

我為沒有很好的完成這種退出、重建而羞愧，但我會在寫作中時時地檢討自己為此

而努力。

四、諸多遺憾中的求進。

一個作家是要時時檢討求進的。

每完成一部書，他都該獨自靜坐下來發發呆，想想那本書的不足和遺憾。和你最好的同仁去共同探討那本書或那篇小說中還有哪些可能性。我是中國作家中讀書偏少而又最不系統的一個人。我對自己寫作的要求就是你要知道你哪兒寫得不好或者不夠好。我知道我除了上述說的對豐富、煩亂的中國現實缺少把握能力和清晰認識的態度；文學的獨立性不足，而生活的軟弱性有餘和還沒有真正建立起一種最獨有的文學敘述秩序外，諸如文學與現實生活和包含在生活中的政治的不協調，「神實」與日常生活的隔離，技術與內容的不夠統一、不夠融匯水乳的關係，還有語言、情節乃至思想的重複，凡此種種，都需要反省、修正和新的創造和努力。然而，我已經是這個年齡了。這是一個容易認識和檢討的年齡，卻不是容易改正和建立的年齡了。

歲月不饒人，但人心會自強。

在這份還有些籠統的文學檢討書中說到的，我都會繼續反省和思慮。不求樁樁件件都有改正和建立，但求有所思慮的醒改和修正。

「革命償未成功，同志仍需努力吧！」

06

在中國寫作的特殊性

經濟窗是推開或盡力推開的，政治窗是關閉或盡力關閉的。文化就是在這半關半閉、時開時閉的窗光影下無所適從地抬頭或低頭，左顧或右盼。而文學——作家的寫作。恰恰在這個地方卡住了。

對於中國以外的讀者，當我和你們聊天時，我想你們關心的不僅是我這個作家怎麼樣，有什麼特殊性，可能還關心這個作家所在的國家怎麼樣，有哪些清晰、準確的特殊性，而不是你們幾乎每天都可以在電視、報紙上看到和從中國歸來的本國遊客嘴裡聽到的人云亦云的特殊性和可污性。

我知道，中國在世界各地的信譽和口碑，如同一個來自鄉下的暴發戶，身上除了有錢外，文化、教養、學識都是沒有的。當然，除了錢，它還有專制、不公、無民主、不自由，如此等等，那形象亦如一個身上揣有許多金條又衣衫不整、行動粗魯、滿嘴口臭、從來不按遊戲規則行事的野蠻人。如果中國果真就是這麼一個人，而作家又必須在這個人的麾下寫作時，他又會怎樣評價、論述和描繪這個人？

那麼，就針對這個「人」，這個「人」的特殊性；我們來談談中國作家要面對哪些寫作的特殊性。

一、半關半閉窗下的光與影

全世界都知道，中國是一個在經濟上高度改革開放的國度；全世界也都知道，中國

讀者服務卡

您買的書是：＿＿＿＿＿＿＿＿＿＿＿＿＿＿＿＿＿＿＿＿

生日：　　年　　月　　日

學歷：□國中　　□高中　　□大專　　□研究所（含以上）

職業：□學生　　□軍警公教　□服務業

　　　　□工　　　　□商　　　□大眾傳播

　　　　□SOHO族　　　　□學生　　□其他＿＿＿＿＿＿

購書方式：□門市＿＿＿書店 □網路書店 □親友贈送 □其他＿＿＿

購書原因：□題材吸引 □價格實在 □力挺作者 □設計新穎

　　　　　　□就愛印刻 □其他＿＿＿＿＿＿＿＿＿（可複選）

購買日期：＿＿＿＿年＿＿＿＿月＿＿＿＿日

你從哪裡得知本書：□書店 □報紙　□雜誌 □網路 □親友介紹

　　　　　　　　　□DM傳單 □廣播　□電視　□其他

你對本書的評價：（請填代號 1.非常滿意 2.滿意 3.普通 4.不滿意）

　　　　　　書名＿＿＿ 內容＿＿＿封面設計＿＿＿版面設計＿＿＿

讀完本書後您覺得：

1.□非常喜歡 2.□喜歡 3.□普通 4.□不喜歡 5.□非常不喜歡

您對於本書建議：

感謝您的惠顧，為了提供更好的服務，請填妥各欄資料，將讀者服務卡直接寄回或
傳真本社，我們將隨時提供最新的出版、活動等相關訊息。
讀者服務專線：（02）2228-1626　讀者傳真專線：（02）2228-1598

舒讀網「碼」上看

235-53
新北市中和區建一路249號8樓
印刻文學生活雜誌出版有限公司　收
讀者服務部

姓名：＿＿＿＿＿＿＿＿＿＿　　性別：☐男　☐女

郵遞區號：＿＿＿＿＿＿＿＿

地址：＿＿＿＿＿＿＿＿＿＿＿＿＿＿＿＿

電話：（日）＿＿＿＿＿＿＿　　（夜）

傳真：＿＿＿＿＿＿＿＿＿

e-mail：＿＿＿＿＿＿＿＿＿＿＿＿＿＿

INK

在政治上的封閉與保守，相對於經濟的發展，如同著名的伊索寓言〈烏龜與兔子〉的賽跑。在那一則寓言中，因為兔子的傲慢、大意、停頓和睡大覺，最終是烏龜率先到達了終點，衝過了勝利線。可是，在中國經濟與政治改革賽跑的跑道上，今天領先飛跑著的是經濟，而停滯、睡覺的是政治。

我們看到的是在經濟的發展中，政治這隻兔子不僅沒有緩慢的爬行，不僅長時間地停滯下來，而且它還回望、倒退、朝舊有的老路上下蹲和退守。比如中國的言論自由、思想解放等。「文字獄」，如果不能說是「獄」，最起碼也是「文字籠」。經濟窗是推開或盡力推開的，政治窗是關閉或盡力關閉的。文化就是在這半關半閉、時開時閉的窗光影下無所適從地抬頭或低頭，左顧或右盼。而文學——作家的寫作。恰恰在這些窗下呼吸生存的人——十多億的中國人，因為光亮不定，冷熱無律，而人的精神——靈魂——人卡住了。那就是，因為窗子的時關與時閉，光亮的時昏與時暗，而集合在這個地方心——也隨之變得無常了，墮落了，幽黑了。

中國數十年的計畫經濟在證明這一個文學的規律，那就是計畫經濟的成敗，不在於經濟的計畫，而在於人心的計畫；經濟的計畫，也是為了人心的計畫。一切計畫經濟的最終目的，並不是為了經濟的繁榮，而是為了人的心靈的國有和覺有。與其說是國有

經濟（企業），倒不如說是「國有」、「覺有」人的精神和靈魂。而市場經濟，市場的不僅是經濟，還因經濟的大幅度放開而不得不相應適度地放開著人的精神與自由。可人的精神之自由，因權力、政治之所需，又不能一味的隨著經濟的起落、明暗而使它此起或彼長，自由而飛翔。在經濟門扉大開而政治封閉，意識和權力絕對集中的情況下，人的精神就如在時關時閉、忽開忽閉、半開半閉的窗光窗影下忽明忽暗、風雨不定的環境裡生長的一片草。因為光的不足，風的不律，但又不是無光無風的絕對幽暗和封閉，那麼，這片草中能夠見風見光的，就為爭風奪光而戰鬥；無風無光的，就為渴光飢風而喘息、而掙扎。

今天的中國情況就是這樣兒，經濟窗是開封的，政治窗是關閉的；一邊是冰，一邊是火；一面是海水，一面是火焰。而文化就在這冰火之間遊走或流動。在海水的上面被火焰所燒烤。屬於文化、現實中的文學，面對蓬勃的經濟生活，如同擁抱著一團火；面對社會複雜的現實和現實生活中的政治或被政治無處不在、不控的權力，則如擁抱著一塊巨大的冰。

政治要求你去寫那些火熱的、閃光的、看得見的，所謂「正能量」的現實與存在，而文學本身則要求作家不僅要寫「正能量」，還要關注那些表面看「非正能量」的存在

與真實，甚或是看不見的存在和「不存在」的真實。在這一邊幽暗、一邊明亮的光影交錯間，中國現實中的人，除了嬰兒是單純、淨美的，連孩童與老人，都在發生著心靈幽暗的變化和挪移。幾乎是所有的兒童，從走入幼稚園開始那一天，都耳濡目染，知道要給幼稚園老師送禮。明白只要給老師送禮，老師就會對我寵好的俗世道理了。老人在大街上摔倒，人們去扶她（他）起來是天經地義的事。可當發生一起你扶老人起來，她（他）訛詐是你撞到了她（他），必要高額賠償時——這是一起特殊的事，是個案。但社會在很短時間內，同時發生多起類似的事情時，我們就不能不懷疑老人的內心老而不尊，也有一片幽黑了。所以說，今天在中國，有老人摔倒或被汽車撞傷，而路過的人們，都視而不見、匆匆離開，任憑老人躺在血泊之中無人搭救，而人們對此，既不能理喻，也似乎可以理解——就是今天整個中國人精神的麻木、尷尬和幽暗。

從放開的經濟窗櫺中，滋生、放出的是金錢、欲望與惡望的猛獸；從關閉的政治窗櫺中，滋生、肥養的是黑暗的腐敗、權力的貪婪和對人的不尊、蔑視和欺壓。二者作用出的人心、文化心，就成了扭曲、變形、荒誕的人們的靈魂。一個作家立足現實，最真實的描繪人的最深刻的靈魂，本事天經地義、上帝賦予作家的責任與義務，如果捨棄這一點，作家就無存在之必要。而中國的現實——那些指令和掌控這兩扇窗子哪扇開多

少，哪扇關多少；何時開，何時關；怎樣開，怎樣關的人，其實也在掌控著作家寫作的手與筆，時時都在提醒著你，這個可以寫，那個不能寫；這片人心的光明有正能量，應該大書和特書，那片人心的暗黑不能寫，因為寫到那片人心的暗黑可能就牽扯到了人心為何暗黑的根源上。

而作家，生活在這半關半閉窗下的作家們，為了生存、榮譽和地位，也就在這管窗人的麾下採取著三種寫作的方式：

一是迎光寫——看到了光明、得到了光明，那就迎著光明寫光明。寫光明，愈光明，榮譽、地位如同早上推窗而來的日出，就把自己的筆和人生照亮到一片光明了。

二是借光寫——借光寫的都是中國作家最具才華和有一定良知、智慧的人。因為不願迎光寫作，而又不願放棄內心的藝術情懷，然在這個半關半開的窗影下，寫作又不能不借了人家的光色，於是間，就總是心存歉疚與感激，為了回報，就不去描繪、探視那關閉的窗後的人和人心之真相。知道那窗後的存在，是最大的真實之存在，但因借了人家光色的緣故——如借了人家的器具，吃了人家的糧飯，當然不該再去挖掘人家的房基一樣。這就彼此打成了一種默契，我給你生活的光明，但你不要去探究那暗黑中的祕密。於是，這種借光寫作，就遊走在明暗之間，亮幽之中，用藝術的平衡，來完成二者

兼得的「文學理想」。

三是穿越明亮，直抵黑暗的真實。這種寫作是一種風險，因為你不僅在穿越之後背叛了光明，還背叛了那些遊走在光明與黑暗邊緣的絕大多數已成共識的寫作。加之光明和光明邊緣的存在都是共識的、可見的，而那幽暗中的真實，卻是看不見的，需要你去觸碰、感知和見證。所以，你所書寫的，往往不是大家可以認同的、共識的，而是會被大家懷疑、爭論、唾棄的。也因此，這種穿越明亮、直抵幽黑，從一扇亮窗走入一扇閉窗之後之下的寫作，需要的不僅是勇氣，還有更大的才華和創造。因為你必須明白，一扇關閉的窗子是事實，一扇洞開的窗子也同樣是事實。你期冀看到幽暗中的真實和存在，你也必須看到光亮中的真實和存在。你最關心的問題，不僅應該是人在光明處的歡樂與順暢，在黑暗中的掙扎與喘息，而更應該是，在這扇半開半關的光影交錯間，人在光暗互變和頻繁互變中的內心的不安與境遇。

二、被擴大審查的無規則

審查制度對於文學而言，一如怪暴的家長對於他以為不夠聽話的孩子的戒尺與訓

誠。而中國作家對於寫作的審查，也已熟知到一個總是挨打的孩子，對於總是打他的父親粗暴動怒的規律。似乎，每個有記憶和經驗的作家，對於審查和被審查，都已諳熟到如深知自己指頭的長短。

中國的審查，以文學而論，可以分為三個層面：

1. 國家審查

國家審查是一種意識形態對作品的審訊。是意識形態為政權服務的政策、規定和規則。雖然任何制度和規定，乃至法律和條文，都是有人來規定和思想，但它的起點和落點，卻都是以國家的名譽在進行權力的落實。而關於審查和查禁，時久線長，文件頻繁，會議和通知的年年月月，經驗的日積月累，使得今天中國與意識形態相關的文化、新聞、文學、藝術等各個部門和人員，大都可以自覺掌握審查的具體政策和框架，底線和邊緣，明白什麼可以寫，什麼不可以寫；什麼可以模糊地突破和涉及（如文革），什麼絕對不能突破和觸及（如六四）。對於國家審查，作家是諳熟於心的，宛若兒子熟悉暴父、賢臣熟悉暴君的脾氣樣。而真正讓作家無所適從的，是那些執行和所謂替黨把

關——落實具體文藝政策的具體人。

2. 執行審查

執行審查是一道自上而下的機構和環節，上自中央宣傳部、新聞出版總署等各個與意識形態相關的高層部門，中到各省市的相應機構，下至具體的各出版社和雜誌社，都是執行與落實文藝政策的具體操施者。無論政策多好或者多不好，都必須有這些執行者推進和落實。一如法律條文生成之後，得有法官落實樣。這些人是文學的執法機關和法官。具體的差別是，在中國，雖然法制鬆疏，但法律條文本身是相對嚴謹的，某罪某法在想要依法處置時，大體是有法能依、可以對應的，如搶劫和強姦，需要判監多少年至多少年，是有相對明晰規定的。然對文學的審訊與審查，終歸又不是罪錯與法文的對應，又沒有辯護律師和檢察院對錯罪的辯護和對法院、法官的執行之監督。一切都依著執行者對政策尺度的感覺、把握和良知的深淺。如建國後的反右、大躍進、大煉鋼鐵、大饑饉和十年文革等，這些因革命帶來的國家與人民的巨大災難，文藝政策規定是不能描寫、觸碰的，但源於藝術的必須和一些作家們集體不泯的良知，很多作家都去觸碰

了，描寫了，想像了。緣於這種觸碰的想像都是「虛構」的，是個體人物命運的，意

在小說藝術和人性的，也大都出版發行了。從嚴格意義去講，《堅硬如水》和王安憶

的《啟蒙時代》，賈平凹的《古爐》，余華的《兄弟》，以及莫言的《生死疲勞》、

《蛙》，都屬於審查的「觸礁之作」，但也都順利出版，並有好評著。然而，另外一些

作品，如《丁莊夢》、《四書》和《往事並不如煙》等，則出版被禁或壓根就不予出

版，這就是審查執行者的查禁之功績。

執行查禁的標準，當然是政策。政策規定什麼不能寫，寫了就是「違規」、「犯

忌」，就必須停印、查封和禁止。但事情卻又往往是，執行者無論是為了頭頂之「烏

紗」，還是為了對黨忠愚和忠誠，再或是感情用事、放大權力，讓本就有著彈性的審

查，往往在變得擴大化和森嚴化，使中國式運動和革命中以一貫之的擴大化的習性，在審

查中變本加厲，吹毛求疵，一如開電梯的工人，要把手裡的電梯升降鍵，變為你可以回

家和不予回家的門鎖與鑰匙。審查不僅是審查，而且是權力。有許多書在送審的漫漫途

道中，「跑跑關係」，審查的權力也就放你一馬、使得通過了，出版了。而另外一種

書，如大家熟知的衛慧的小說《上海寶貝》和棉棉的《糖》，被查禁則不是題材的忌

諱，而是執行者的權力和感情。是聽說衛慧和棉棉這兩位作家在這兩部小說中，彼此為

你寫了我的故事、我寫了你的經歷而糾纏，二人交惡，破口而出，惹怒了某些執行審查的官員，也就禁止了小說。查封整頓了出版社，從而掀起查禁的風波，讓所有的出版編輯人員噤若寒蟬了。

在執行審查中，權力的濫用和出版者的過度緊張，謹小慎微，擴大檢查，是今天執行審查環節的兩大特色。前者之心態，是中國所有權力部門的一種共有（三分權力，七分擴大，十分威權，這是權力的必然之邏輯。而最具體的出版機構、新聞、電影、電視、以及其他藝術團體，也都一樣如此），如出版社和出版公司等，本是一種出版企業和基層文化最具體的落實者，而今查禁過多，審查過嚴，事無巨細，上至題材寫什麼，下至字詞、句子怎麼寫，都已成為執行審查的必然。因此常有出版社的社長、主編，因蛇咬，十年怕井繩，從而這個審查也被審查的出版機構（企業），而今已經成為「全民皆兵」的審查執行者。一部書稿到來之後，首先考查的不是它的藝術價值和市場價值，而是它是否敏感，有無風險；作者是否是「上邊」緊盯的作家，是則嚴之，否則寬之。出版社的二審和終審，既是一部書稿的藝術與市場的判斷者，更是一部書稿最初原始的審查者。出版社的二審編輯既是一部書的藝術裁判，也是一部書稿的政治審查之警察、之法官。而對於

有相當藝術價值、又有一定風險的「不定」之作，則繼續送審，由更高一級部門的新聞出版署和總署來判決，來裁定。於是，一部文藝作品審查的漫漫旅行開始了。其結果，因為藝術與敏感的不定和模糊，被審的結果，不是「把風險抹殺在搖籃之中」，就是「寧可錯殺，絕勿放過」。如此這般，執行審查者自上而下、又自下而上的審查網絡形成了。一個審查的金字塔，就在無形中站立起來了。這個塔頂是文藝政策的制定者，中部是審查制度的執行者，塔基是出版機構的每一個編輯們。而渴求出版自由和審查寬鬆的不僅是作家，還有在這執行審查中，有良知和責任的執行者和出版者。尤其那些既扮演審查角色又有良知的編輯和出版人，他們在矛盾和糾結中工作與努力，一邊不得不擴大審查，以免因小失大，掛一漏萬；另一方面，又在尋找著出版的可能縫隙，以維持和推動出版市場的運轉和知識分子的內心之安寧。然這微弱的良知，在執行審查的過程中，如同一顆跳動的心臟，用臥軌來掣肘瘋狂列車的運行樣，也如一張網上的一空漏格兒，渴望生命的雀鳥可以從那網格飛過去。雖成效可見，卻完全不能從根本上對執行審查的網絡、過程有什麼突破和截斷。

3. 自我審查

國家審查以政策大於法律的效應召喚著執行審查的落實與監督，而這種執行審查的歲歲年年，月月日日，也就最終養成作家的自我審查了。如果說執行審查是一種權力性和壓迫性，一個作家的自我審查就是自覺性、不知性和本能性。

《丁莊夢》是經過自我審查的。許多作家的作品為了出版都是經過自我審查的。關於自我審查我已有很多述說，這兒需要補充的，就是作家自我審查的自覺性和本能性，對於藝術的傷害，遠遠大於人們可見的審查、刪改和禁止——因為它還沒有出生就被閹割了。還是被你自己閹割的。甚至是在你不知不覺之間閹割的。一如計畫生育中的胎兒，在沒有問世之前就從這個世界消失了，甚或在沒有成為胎兒的生命之前，就被你本能的自覺「計畫」消失了。

三、專業作家制度的優與劣

專業作家制度，是中國社會主義文學最顯著的特色。是制度——權力為了規範文

學、思想、藝術的行政體制。這種多在社會主義國家才可存在的行政體制——有如國家機構一樣的中國作家協會來養育、管理作家們的思想、行為、寫作的有效方法（其他文藝團體如電影、電視、戲劇、繪畫、書法、民間藝術等，則有中國文學藝術聯合會來管理），最大的優越是，它使許多有才華的作家，沒有基本生活的後顧之憂，而可以無功利的潛心於對文學藝術的不懈探求；可以組織、活動的方法，替代沙龍的方式，對文學進行討論、追究和推廣。然而，因為專業作家制度的根本目的，不是為了藝術的高遠和自由，而是為了對作家寫作、思想、想像的管理、規範和控制，所以，這些優勢也都大抵不在了。只有那些少數的作家在這集體的管理中，還保持著作家寫作時的獨立性，文學人格的獨立性。

專業作家最大的弊端之一是，讓作家變得懶惰而失去創造性。

因為在這個體制內，專業作家至今的國有化、覺有化大鍋飯，勞動和不勞動的報酬是一樣的，創造和不創造的結局也是一樣的。就是直到中國改革開放三十多年後的今天，市場經濟已是社會最澎湃的活力，而專業作家一年、二年、三年、五年，每天不上班，不寫作，到月底和年底，他的工資仍然出自國庫與財政，所以作家就可以不寫了。

每天只是空談和參加各種活動、會議了。有許多專業作家在業餘創作時，才華橫溢，佳

作連連，而被這個專業作家體制吸納後，作品漸少，直至停筆，而在專業作家的位置上老其一生，這在專業作家隊伍中是常有、常見的。因此，與其說，那些空談、空閒的專業作家，是因脫離現實與感受（官方說是脫離生活）而終止了創作，倒不如說是專業作家的體制滋生了人的必然的惰性，終止了他的敏感、勤奮、才華和創造。

專業作家的弊端之二，是讓作家失去寫作的個性而集體化和國有化。

說到底，寫作是一種孤獨、寂寞的選擇，是一種宗教情懷的文學寄託。然而，專業作家體制的本質，卻是要把個人寫作集體化、國有化和覺有化。統一思想，統一題材，乃至於在可能的情況下，統一藝術的表述，把創作從個體中集中起來，捆綁起來，盡力完成覺有和國有。毛澤東〈在延安文藝座談會上的講話〉自發表伊始，成為中國文藝政策的綱領性指標，至今仍然是意識形態和專業作家隊伍寫作、言論、行動的指南，數十年來，學習、討論、探究的這個講話中文學來自哪兒、為誰服務的問題，而其實質之根本，就是要把文學從為心靈和靈魂服務的宗教情懷中擠出去，使作家失去個體的宗教情懷，成為被統一領導、管理的集體的一員，從而使文學為政治和權力所服務，為黨和黨的各種需要發聲和鳴鑼。

一個作家希望有起碼的生活保障，那你就必須走入專業作家的隊伍。走入專業作家

的隊伍，你就必須從思想深處集體化、覺有化和國有化，認同政策和權力對寫作的諸多規定和出版，認同這種出版用數十年培養起來的讀者的價值觀。認同了這些，你就從個體走入了集體，從而完成或可能完成了文學的國有和覺有。這是一個庸俗而有效的生存鏈條，也是體制最有效的思想管理鏈。當你成為這個環鏈中的一環或一環上的一點時，你的文學觀、世界觀，乃至人生觀和價值觀，也就失去了獨有和個性，而只有集體、國有的寫作意識了。

「體制內工作，體制外思考」，這是很多體制人員的說辭和理想，也有很多中國知識分子秉持著這樣的操守和追求。但在專業作家的隊伍中，卻多有這樣說的人，少有這樣的堅持和寫作。

《動物農莊》類的作品並不一定要成為中國作家寫作的楷模和方向。《審判》也不一定就是中國作家的寫作去向和方法。但在有豐饒這樣生活的土地上，幾乎杜絕了作家這樣醒世省心的藝術思考和寫作，不能不說專業作家隊伍的方法與形式，對作家思想集體化、覺有化和國有化的完成，是功不可沒而卓有成效的。

專業作家制度最大的弊端之三是，讓作家失去自我，失去人格的獨立。一如一個公司的職員，你月月年年，領著老闆的薪水，就必須在工作上為公司努力和服務，言行

上對老闆尊崇和歸順。作家的工作就是寫作，言行是他的作品，而他的公司就是中國至上而下的作家協會，老闆就是領導並代表人民的黨。這樣一種機制——我養你育你，自然是為了讓你為我工作（寫作）和服務，而不是讓你獨立、自由和自我想像的越軌和奔放。

一句話，中國作家協會的根本目的，是讓所有的作家都成為「黨的作家」。改革開放之前，讓作家成為黨的作家是作家人人認同的，接受的。而之後，隨著作家對藝術自由的追求，「黨的作家」的聲音除了報刊、會議還寫著並掛在嘴上外，在很多作家心裡褪色了，消失了。但中國作家協會的目的並沒變，而是方法改變了。由強制性、壓迫性和學生填鴨式的政治灌輸，改變為誘導和教育，通過開會、學習的傳統方法和榮譽的獎勵與文藝價值的培養，來達到使你成為「黨的作家」之目的及可以「純藝術自由」而非寫作的人格獨立之妥協。

專業作家體制不拒絕藝術個性的自由，但不主張作家人格的獨立。它容忍在這個體制內，你是作家而非黨的作家，但不允許你的寫作不僅不是「主旋律」而且還非「正能量」的寫作，你可以在作品的語言和形式上無盡的探求，但這種探求不可引伸到社會內容——現實中的人、思想、靈魂和尖銳的社會矛盾上。在藝術形式上，作家的思想是可

以獨立的，但在內容和作家的人格、思想上，是不能容忍你獨立思考的。違則棄之、禁之和貶之；順則褒之、揚之和獎之。於是，一條新的文學價值判斷的標準在作家隊伍中形成了，由「黨的作家」、「黨的作品」的標準，轉換成了「藝術主旋律」和「藝術正能量」。而當幾乎所有作家都即便不去「主旋律」和「正能量」，但也盡力不去向「負能量」的標準靠攏和擁擠時，作家的獨立性，便在這個隊伍中一點一點削弱了，抹殺了。於是，體制對作家的管理也就間接達到了，完成了。

今天，中國作家的中、老年，百分之八十的作家都在這個專業隊伍中。而對於今天中國八、九〇年代出生的作家們，中國作家協會會員制的吸納和定期會議（如作代會和青創會——全國作家代表大會和全國青年作家創作代表大會）與評獎制度（如茅盾獎、魯迅獎）等各種榮譽表彰的方式，也正在快速地把這些年輕作家和新起的網路作家吸納和「團結」，進而同化、培養和改變，先使你成為「隊伍中的一員」，之後你就逐漸地認同了沒有獨立人格的文學價值之判斷，到最後，也就同樣達到讓你的寫作失去獨立、自由、思想的目的了。

四、在特殊性中寫作的應對法

面對中國既非徹頭徹尾如文革般的極左專制，又非民主、自由，有節奏的政治開放和經濟的市場化與政治的封閉化的雙重矛盾之環境，作家既有獨立思考和想像的可能性，又有巨大阻礙的認同和誘惑性，對此許多作家大抵都有自己的應對法：一是順從的呼應，見利寫作，把文學、才華當作一種榮譽、地位、利益的物換條件。這在中國作家隊伍中比比皆是，生存和生活，成為這種交換的最好理由：我為你竭盡全力的「主旋律」和「正能量」，你給我獎勵和各種位置（如全國大多的作協主席和副主席）、車子、房子和條子（報銷權），以使我的生活、生存好起來。「民以食為天」一向是中國人的生活信念和信仰，一旦把文學和生存、生活結合在一起，一切的諂媚、唯上、物利和榮譽的寫作就合理、合情與合法了，有著不可討論的正當性，這也是今天大批作家人皆為此的理由和依據。

二是疏遠的逃離。這是非常值得尊崇的寫作。「我的一切，只是為了文學本身。」把文學歸屬為「象牙塔」或以「象牙塔」的名譽離開主流、權力和社會繁複的亂象，獨

自在書房和桃花園中靜心或散步，以文字為歸宿，以莊子的出世為理據，過一種清靜的生活與寫作。即便不是日日身處書房和桃花園，即便每天都還滲透在世俗生活和社會現實中，而其寫作也是疏遠的、逃離的、「純粹」的。這不僅是一種姿態，而且是一種世界觀和方法論。是今天中國有思考、有追求、有才華作家的一種立場和應對法。也正是這樣一些作家寫作的疏遠和勤奮，活躍了現今中國文學豐富的場景和狀況。人格上也許沒有「我思我在」的獨立性，但在寫作中，卻有著獨立的追求和個性。他們是中國文學的中堅和砥柱，也維繫著文學的未來和前景。

三是那些既要在文學上獨立思考，又要在社會生活中具有獨立人格的寫作者。他們敢於面對現實，敢於面對現實中的文學，也敢於面對文學中的現實。他們不是以挑戰者的姿態而獨立，而是以寫作者的身分站在現實的一側或對面，審視現實，思考現實中的一切。不逃避、不疏離，對今天中國荒謬、複雜而蓬勃的存在和現實中人的困境，表現出一種最大可能的關懷和愛。不求望文學在現實的朝夕間改變什麼，而思考文學在這歷史與現實的朝夕間留存什麼。對現實的關注不僅是文學的，也是人生、人世的。尤其在近年中國最重要作家的寫作中，他們對現實回望的注目——如賈平凹的《秦腔》與《古爐》，王安憶的《啟蒙時代》。莫言的《生死疲勞》和《蛙》，余

華的《兄弟》，劉震雲的《一句頂一萬句》，蘇童的《河岸》，格非的《春盡江南》，以及我整理此稿時，讀到韓少功的《日夜書》，蘇童的《黃雀記》，賈平凹的《帶燈》和余華的《第七天》，凡此種種，這些作品雖然不標誌著中國文學的偉大和這些作家在一生寫作中的代表性，但大家幾乎同時，都從疏遠的姿態中閃回身來，注目於民族的現實與歷史，及社會現實中不可迴避荒謬中的人，這大約都清晰的表明，這些作家們追求的不僅是作品藝術的完整性，還有作家人格的獨立性與完整性。

作家人格的獨立性與完整性，不表明一個真正文學的偉大時代的到來，但至少預示著，一個中國文學興起的可能性。

07

恐懼與背叛將與我終生同行

你為恐懼鄉土的荒冷而寫作，而你最終又因為寫作對現實世界產生更大的恐懼和不安。這就是你寫作的起點、過程和終點。你從恐懼中來，走過恐懼後，又到恐懼裡去。

這是一個沒有那麼愉快、輕鬆的話題，但卻是一個人最內心的領域，攤開來不是了讓人們去分享，而是一個人渴別人更深的了解。

「恐懼與背叛將與我終生同行」──

一、我在恐懼什麼呢？

首先是對權力的恐懼。

我自小不是一個膽大的孩子，四、五歲時在我家門口見過狼，牠乾瘦、灰黃、飢餓。我家就住在村口上，所以在一天黃昏推開門，看見牠我就呆住了。我以為牠是一條飢餓的狗，很想找些什麼餵餵牠，因此我們就那麼相望著。因為那時侯，我也非常餓，吃不飽，沒什麼餵就彼此站在那，相望了很久一會兒，直到村人走來後，把牠趕走我才知道那是一條狼。那時候，村裡那人驚訝地對我吼：「再過一會狼就把你吃掉了！」從此後，我開始對狼有一種怪異的愛和恐懼感。牠飢餓、削瘦、隨時都可能要吃人，可牠的眼裡卻是那種溫暖哀求的光。

我曾經說過，我自小有三種崇拜。即：崇拜城市、權力和健康。今天可以把這三種

崇拜理解為，城市——現代文明；權力——一種左右你命運的力量；健康，即生命。而在這三種崇拜中，最早轉化為恐懼的是權力。今天對權力的恐懼，一如少年時對狼的恐懼。它無形，卻無處不在。它能給你榮譽、金錢、富有和想要的一切，可它隨時也能置你於死地，改變你的命運，讓你從大貴成為下賤，從大使變為魔鬼。

在我的少年時期，飢餓像尾巴一樣，從來沒有離開過我。因為在我每天上學或放學的路上，我都能看到鄉幹部——那時叫人民公社——一到飯時，幹部們就提著水壺，用調羹敲著搪瓷碗去食堂吃肉菜和白饃。為什麼一個村和周圍的百姓每天每頓粗糧都吃不上，他們卻還有肉菜和白饃？因為他們是國家之幹部。於是，那時根植在頭腦中的理想就是逃離鄉村，出人頭地，最好做一個每月有工資、每天有飯吃、有面子、有尊嚴的國家幹部！後來，我二十周歲當兵了，邁出了改變人生命運的第一步。雖然在當兵前，都已開始寫小說，但那時，不是為了當作家，而是希望通過寫作改變命運，有吃有喝，做一個城裡人或是手中有權的人（如村長）；再後來，我果真因為寫作立功了，提幹了，不僅成為了一個城裡人，而且成了一個手裡有些「權力」的人。

真正意識到手中擁有權力的微妙是我二十五歲當排長、二十六歲當指導員時，下午到某個連隊去報到，晚上睡覺發現通訊員把牙膏替我擠在了牙刷上；把洗腳水端到了床

邊上，擦腳毛巾搭在了椅背上。那時候，一臉童氣的通訊員，朝我莞爾笑一下，有種莫名的心酸從我內心油然生上來——我如同看見自己的弟弟或孩子，為了一碗飯吃在做奴僕樣。當然，有人給你擠牙膏，端洗腳水，那種感覺也是「美好奇妙」的。因為你清晰地意識到，你真的當「官」了，擁有權力了。讓你意識到你真正當官並擁有權力的事情再次發生，是在我當指導員的第二天。我帶著部隊六點鐘出操長跑，大汗淋漓的七點鐘回來，進屋換鞋時，撩開床單一看，有士兵送來的一套茶具擺在床下邊；再看枕頭邊，有條綢緞被面擺在那兒；窗口下的桌子上，有一瓶酒和一條菸。

這是一九八五年的事。送這些東西的，都是有求於我這個連隊的一號人物的戰士們。他們不是想請假回家，就是想入黨，再或是想要把檔案中的處分決定從檔案抽出去——因為特殊的原因，我所在的那個連隊一百來號人，受過警告和嚴重警告的就有將近三十個，整整四分之一。而那時，在部隊受過處分退伍回家是不能安排工作的。我所在的連就是這樣一連，就是這樣的局面。它第一次讓我感到權力不僅是權力，而是掌握他人命運的魔杖和力量。就從那時候起，我對權力有了一種著迷感，也有一種隱隱存在的恐懼感。那一年，我所做的最值得稱道的事情是，把所有戰士送給我的禮物，都一一地退回去；凡有求於我——權力的，大體合情合理的，都一概應允和滿足。想進步

的，差不多就給他們入了黨——這不知是害了他們，還是幫了他們呢。想回家看望父母、爺奶的。我都偷偷放他們回家休幾天假。那將近三十個背上處分決定的城市兵，只要表現好，我都把處分決定從檔案中偷偷抽出來，當著他的面撕掉或燒掉。有二十多個受過處分的士兵，從此就變得無「過」一身輕，可以好好訓練和工作了。

一句話，半年後這個全師最差的連隊天翻地覆了。用口號來形容，就是「舊貌換新顏」。而我自己知道，讓這個連隊發生巨大變化的，不是我的智慧，而是我的權力。比如說，戰士請假回家，是要營裡同意並報到團裡備案的，而我，誰也不說，就把他們放走回家了。比如說，把一個表現好的戰士的警告處分，從檔案裡撤銷，是要有連黨支部研究決定並報到營裡批准的，而我，誰也不說，獨斷專行，就這麼一人決定了。

那年底，我被師裡評為了優秀基層幹部。

第二年，我被調到軍裡做了宣傳幹事去。我離開連隊時，戰士們哭聲一片，依依不捨。然而我知道，我和他們的情感，全部是建立在我濫用職權和放大權力的情感基礎上。那二十多個來自中國各個城市的士兵，因為檔案裡沒有了處分決定，當年退伍者，都有了相應好的就業和工作，使他們一生的命運有了好的開端；婚姻家庭，有了好的伊始。這一切，也都不是因為我，而是因為權力和我一個小小指導員對職權的濫用和放

大。

接下來，事情就沒有那麼美妙了，有許多事情發生了使人驚懼的變化。其中最難忘的事情是，我在軍機關裡工作時，曾經和一個首長，因為什麼到軍營外邊吃過一次飯。在那飯桌上，還有地方公安局的一個領導和他的司機。在中國，一般司機是都不和領導同桌吃飯的。可那天，因為人不多，也就讓那司機同桌了。問題出在司機很快吃完飯，按習慣他應該離開飯桌到飯店外邊等，可因為吃飯間，大家都在飯桌上說真人真事的段子和笑話。笑話又確實很好笑，記得那天我都笑得前仰後合了。所以，這還不到三十歲的司機，為了聽那笑話飯後沒離開。而這時，當首長和公安領導也因笑話開心到和普通人一樣，肆無忌憚，放鬆自然，而且稍有醜態時，笑話從一般真實升級為黃色真實時，忽然發現飯桌上有「外人」。這個外人就是司機。司機是不應該多聽領導談話的，然而這個司機因為那笑話太好聽，他就吃完飯完全忘我的坐在那兒多聽了。當部隊首長把笑話說到最黃的高潮時，忽然看見那個司機坐在他對面，首長忽然打住不說了，目光落在司機臉上去。

這時候，司機迅速明白什麼，起身離開了。

地方公安的領導發現自己司機飯後沒有走，很歉意的朝首長看了看，說了一聲「對

不起」。

部隊首長說：「沒關係，回去教育教育就行了。」

這一切也就過去了。

我以為一切也都過去了，如同生活中的毛毛雨，被太陽一照就乾了。可在第二天下午下班時，我從機關回到家，發現那個司機就等在我家門口上。我不知道他是怎樣找到我家的，像一個傷心的孩子蹲在路邊上，一見我就慌忙迎過來，低三下四的求我說，他剛被招來給局長開車就被換掉了。開走了。原因就是昨天在飯桌上多聽了幾耳朵。他希望我能去給部隊首長說一說，請首長給公安的領導打個招呼把他留下來。說他是通過各種關係才有了這工作，全家都為他是給公安的領導開車而驕傲。全家都靠他過日子。可這一說就被換掉、就沒工作了。

我愕然。

我答應去給首長說說看。

也就在又過一夜上班後，我小心的去了首長辦公室，把那司機的命運經過給首長說了說，並說那司機很可憐，希望首長可以給那公安領導通個電話，把司機留下來。我說完這些後，首長把目光落在我臉上，靜靜看了大半天，忽然問我說：

「你覺得某某（公安領導）做錯了嗎？」

我啞然。

首長又說到：「我沒有想到某某這麼能幹和利索，要在部隊他一定是可以帶兵打仗的人！」

我無言。

那個司機就這樣沒有工作了。

真的無言到嘴邊連一個字詞都沒有，最後極其無趣地從首長那兒離開了。

這就是權力。這就是來自權力必然存在的恐懼。

權力充滿著對人和人的命運可以隨意、隨便改動、變更的巨大魔力，這種魔力令一些人無限著迷，也令另外一些人無限恐懼！

對權力的恐懼，可能就是從這件事情開始的。之後我的生活中還發生了許多事，它都讓我對權力由崇敬，到敬畏，進而發展為恐懼。對權力清晰明瞭的恐懼，就這樣逢其時、恰如其分的到來了，總是盤梗在你的頭腦中，不肯離去和消散。也就從此，我把我的全部精力從對提升、當官的努力，轉移到了文學上，開始一日日的修正自己人生的目標；開始堅信，我的一生只屬於文學，哪怕文學並不屬於我。

一九九四年，我調到了北京的一家新部隊。那裡的人對我都很好。可在那時候，我因腰間盤突出症，四處求醫，療治無效，不能走路，更不能負重，連從一樓到二樓的台階都爬將不上去。那時候，我的全部寫作，都是爬在床上完成的，比如《年月日》和《日光流年》等。這期間，得知中國山東的濟南軍區治療此病有了新技術，就從北京到山東去做手術。就在為走上手術台做著準備時，接到新部隊領導的一個電話，說讓我火速趕回去。

我說我馬上就要做手術。

領導說出了大事了，你就是在手術台上也要馬上下來趕回去。

我和妻子當天匆匆趕回了北京，才知道我的小說《夏日落》，被文件點名批評了，被查被禁了。從此開始，長達將近半年的時間，我都是爬在床上寫檢討，一份又一份，從來都沒有被通過。那時我已經做好和妻子、兒子一塊重新回家種地的準備，覺得反正寫的檢討總是通不過，我也不再修改、不再去寫那檢討了。可忽然有一天，部隊的最高首長卻提著一兜水果來看我，說我的事情沒事了，以後多寫歌頌部隊、歌頌祖國、歌頌英雄的作品就行了。首長在我家裡時，我眼含熱淚；一臉感激；首長走了之後，我在我們家默默哭泣，讓淚水肆意橫流。一邊是對命運急轉直下的感恩；一邊是說不清的、無

來由的對權力的恐懼。這如同一個人，獨自在靜夜中行走，四野空曠，無人無物，月光如水樣寧靜而明亮，可這種能聽到月光落地聲音的靜，反而讓你恐懼到想要撒腿跑起來。

我開始在文學上逃跑了──自此後，我決定再也不寫軍事題材的作品了。因為在軍事題材中，你看到、體會和感受到的真實和他人不一樣；因為你渴望在文學中，用你個人的方式，去表達你感知、認識的人和人的境遇與所處的一隅世界；因為你對權力有那種天然的恐懼感，就最後一心撲在了文學上。而在文學上，對軍事文學虛構的寫作，會導致現實中權力對你的壓迫，如此，就決定開始致力於鄉村文學的書寫，再也不去觸碰軍事文學了。於是，那些年你寫了長篇小說《目光流年》、《堅硬如水》和《受活》等作品，還有一些很寓言、很鄉村的中短篇，以為你在文學上可能打開了一片新天地，可能會走得更遠時，可突然有一天，就是《受活》出版不久，香港的鳳凰衛視對你進行了採訪播出的第二天──電視播出是頭天晚上八點鐘，第二天八點剛上班，部隊的領導把電話打到我家裡，說：「昨天晚上鳳凰台對你的採訪首長們都看了，首長們都覺得你應該離開部隊轉業到地方去。」

接下來，也就三五幾分鐘，你還沒有反應過來發生了什麼事，部隊轉業辦公室的

領導又把電話打到你家裡，說給你三天時間你到地方找工作。三天內，你找不到工作，那你就只能服從組織分配，也許就只能給你分到昌平去——昌平那時是北京的一個遠郊縣，離北京非常遠。於是我向這位領導——也就是向權力請求說，能把我分到我的老家嗎？我是從那兒離開鄉村的，我還想回到我的鄉村老家去。

轉業幹部辦公室的領導，在電話那頭不加思索回答我：你是幹部，你應該服從組織的分配，不應該向組織提要求。

我就這樣在轉瞬之間，被一腳踢出軍隊了。

之後我才知道，是因為我所在的部隊新調入了　　位中將，他有些愛看書，有次在談起讀書時，說他最近看了兩本書，一本是《受活》，一本是《往事並不如煙》（後被禁），說中國如果再來一次反右，全國只有兩個指標，那就應該給這兩本書的作者。接下來，他又在鳳凰台中聽到我說了那樣一句玩笑話：「作家就是花瓶，有時領導吃飯也會讓你去陪坐。可在酒桌上，你不停地敬酒，領導也不一定記住你，可你不去敬酒，領導從此就把你記住了。」聽說是這成了我被踢出軍隊最直接的導火索——所以，第二天上班的第一椿事，就是首長們決定通知我盡快離開部隊到地方。離開你在那兒生活、工作、寫作了二十六年的軍隊去。權力是一柄充滿傲氣、邪氣和陰險邪力的巨大之魔杖，

它開恩於人時，會給你很多金錢與鮮花，但它稍稍動怒時，你的命運乃至你一家人的命運，就如無來由的一股風，吹在正行走的螞蟻身子上。螞蟻隨風而起，不知道會被風的力量吹到、捲到哪裡去。

當然，以命運而論，我並不認為我是中國人中命運最不堪的人。甚至幾年前，你辛辛苦苦在北京買了房，被權力莫名其妙地強拆掉，你不配合強拆警察會不時地出現在你家裡；你家會不時地被盜、被停電、被斷水，被不知從哪飛來的石頭砸在窗戶上；你家房子被在深夜推倒後，你見了拆遷辦的國家幹部們，他們還會嘲笑地對你說：「你可以去告啊，法院的大門是永遠敞開的！」就這樣，權力讓你明白：你活著不如一頭豬，不如一條狗；豬被逼急了，牠會朝人猛地哼叫和反抗；狗急了，為了自己牠會咬人和反撲。可是人，可是我自己，做人的權力和尊嚴，就是權力之下的螞蟻或蚊蟲。連這些豬狗反抗的勇氣都沒有。比起豬和狗，我們有所不同的，是我們敏感、脆弱、有記憶，我們對傷害——哪怕是沒有那麼嚴重的傷害，都會有終生不癒、終生難忘的記憶之苦痛。

於是，恐懼便終生與你同行了。

於是，恐懼，成為了你終生比妻子、兒子、父母陪伴你更久、更遠的永遠也無法丟棄的伴侶了。它成為你的皮膚、你的頭髮，也最終成為你血液和內臟中的一部分；成

為你為人處事的謹慎和無奈、人生觀與世界觀。這些，也因此在改變和修正著你的文學觀，成為你寫作的出發點乃至最終點。

但是，說到恐懼和人生、命運、寫作時，對權力的恐懼只是你所有恐懼中的一部分，甚至還不是你最敏感，最刻骨銘心的。

其實，你最難以啟齒的，最不願告人的恐懼，是對死亡的恐懼──對死亡的恐懼，直到現在，從幾歲到五十幾歲，每每想到死亡我都會徹夜難眠，甚至淒然淚下，覺得人生毫無意義。恐懼死亡，害怕尾聲，於是自己就每日、每時在痛苦著，矛盾著，企圖用忘記去逃避對抗著。

人，因為對死亡的恐懼，也才更要活下去。一句話，無意義也要活下去。而在活下去的過程中，你又時時對日常、庸常和家庭產生莫名其妙的厭煩感。這種厭煩的日積月累，就又成為一種恐懼。是無來由的新恐懼。如此，權力，死亡，家庭和庸常，編織成一張四面圍就你的網，而你是這恐懼之網中的一隻鳥，恐懼之荒原中的一株草，恐懼之林中的一片落葉和一滴水。你為恐懼鄉土的荒冷而寫作，而你最終又因為寫作對現實世界產生更大的恐懼和不安。這就是你寫作的起點、過程和終點。

你從恐懼中來，走過恐懼後，又到恐懼裡去。

二、現實世界是我的奧斯維辛集中營

一個膽小恐懼的人，為什麼在寫作中會有一種相對強硬的姿態呢？

從我的寫作看，大概沒有人會認同你是一個緊張、不安、恐懼的人，而且還有人覺得你是一個強硬、直陋、粗糙乃至是一個有勇氣、愛對抗的寫作者。也許是這樣。但我說的「這樣」，不是大家日常聽說過的許多作家都在說的那種「生活中缺什麼我就在小說中寫什麼」。因為我不能擁有，而要在文字和故事中飽滿。我不是這樣。我是因為恐懼而逃離，因為逃離才背叛。才會在文字中表現出貌似強硬、堅韌的藝術對抗來。

你因為少年時期對鄉村的貧窮天然的表現出了的敏感和恐懼，而自小就有那種要逃離貧窮的願望埋在內心裡。當你果真逃離後，回頭去張望那種生活時，也許會有詩意的懷念和情感，但對那種生活的逃離和背叛，卻終歸是占著主導的，是你那時人生的主旋律。如同因為愛，所以才會恨；恨之愈切，愛之愈深那悖論。在現實生活中，厭惡和恐懼什麼，你就會本能地去對抗和反對什麼。無力對抗時，逃離就會成為你對抗的手段了。而在成功逃離後，背叛就成為一種必然了。現實中，我是那種最鮮明的以逃離為對

抗的人。而進入文學後，這種現實的逃離，就本能成為背叛了，成了以「文學背叛現實」的人。許多人都說我的寫作表現的是土地之子的那種親情之愛。但我以為，我完全是土地兒子中的一個不孝子孫，是一個背叛者。生活中，因為對土地和鄉村生活的厭惡和恐懼而逃離，逃離之後我也沒有別人那種魂牽夢繞的對土地不捨的情感和懺悔。具體到作品上，我沒有寫出像中國作家沈從文那樣對土地和遠鄉充滿著美愛的作品來。至少目前還沒有。而是更多的繼承了魯迅對鄉土的那種鄉怨和批判。早期的作品裡，那些對土地本能的點滴溫情不知　何在後來漸失了。而且隨著你對現實生活的認識，最後就完全沒有了。《日光流年》、《堅硬如水》、《丁莊夢》、《風雅頌》《四書》和剛剛完稿的《炸裂志》，這一路寫過來，都是對土地的審視和背叛，乃至於是某種對土地文化的審問和審判。有時自己也知道這樣未免單調和簡陋，但真的走入寫作後，還是沒有那種溫情、飽滿的愛。

在中國，有作家說自己的寫作是為老百姓而寫作；有人說，自己是為底層而代言。有人說某種寫作是俯視（如知青文學），有人說寫作是仰視，從生活的根底朝上看。還有人認為某種寫作是平視，即和生活保持著在同一平台和平行距離地看生活。而說到我自己，有人說我是平視，也有人說是仰視。但我自己感覺到，我是從生活中逃離之後，

站在生活對面一個旁觀者、審視者，如從奧斯維辛逃出來的人，在遠遠地觀望、回憶、審視奧斯維辛中的人和事。

現實生活，就是我的奧斯維辛。寫作是從那兒的逃離和逃離之後令人顫抖的回想與訴說。因為你是把生活視為奧斯維辛的人，你寫作的立場和姿態，自然是不被現實所容忍、所接受。於是，《堅硬如水》成了「紅的（革命）和黃的（性愛）都犯忌」的書，爭論也屬必然了。於是，《受活》成為權力把你從軍營踢出來的最好藉口了──問題就出在這兒。當你真正離開軍營──那個權力最為集中的地方，你以為你沒有了那種被權力直接擠壓的痛苦感，沒有了那種人生呼吸困難的急促感，感到有了一種未曾料到的輕鬆與自由，有了一種忽然從天而降的解放與被解放。這種現實生活上的被解放，傳遞進文學就有了《為人民服務》那種自由、隨性的「胡寫」了。而《為人民服務》在中國的軒然大波，被批判、被禁止、被「談話」，又回頭過來影響著你的現實和生活。

我說一個細節。當《為人民服務》被禁時，因為一夜間文件傳達到了全國各地、各級的宣傳部門，而那時，我離開了軍隊還住在軍隊家屬區，並不知道《為人民服務》發生了什麼事。可在現實生活裡，頭天還陽光燦爛，春暖花開，第二天你從家屬樓上走下來，院子裡你的那些朝夕相處、抬頭不見低頭見的曾經的同事們，見你就不再和你說話

沉默與喘息　142

了，躲之唯恐不及了，他們遠遠地看你一眼，躲著你像躲著一頭怪獸一樣走掉了。連我妻子上街買菜，碰到同樓的家屬們，她們都不再和她招呼說話了。直到多天後，我才知道《為人民服務》被禁是有中央機密文件和軍隊傳達的緊急通知的。而我剛剛離開的部隊機關，在傳達文件時，那些機關軍官也都被號召、通知了：「最近任何人不要和閻連科有任何來往。」

就這樣，你「被敵人」了。你成了人們躲之唯恐不及的怪獸了。你轉業後所在的單位，因為你的寫作給人家帶去的不安和「麻煩」，讓你覺得你在內心如同欠債鬼一樣欠著那些人。而發表《為人民服務》的雜誌社，處分、罰款、檢討，那裡的同仁彷彿每一個都是來自「敵占區」裡的，都是不可信任的，都必須要嚴格審查、檢查才可以「過關」和「入境」。

因為對現實生活的恐懼而在文學上逃離與背叛，結果這種文學上的「脫北」，又成為你對現實生活中更大的恐懼與不安。前些天，我曾在哪兒說到過《丁莊夢》，它其實是我向殘酷的現實妥協的一次寫作，是因為對權力與現實恐懼而「低頭求和」的一次嘗試；在我的寫作中，《丁莊夢》是一次充滿人性溫情的精神之旅。可結果，我不知道是這部小說中一個作家對人性溫暖的書寫是上邊沒有感覺到，還是因為這個作家已經成為

了不可信任的文學「脫北者」，《丁莊夢》剛剛出版才三天，就又被叫停禁止了。從此後，你在中國，就徹底成了不被信任的符號和標誌。你的每部作品，都要受到從編輯到主編、再到上級主管部門乃至出版總署的「關心」了，在生活中也多少成為「異端」、「異見」人士了。寫作中的一個字和一個詞，似乎也都「別有用心」了。

你是一個職業作家，當你的任何寫作都不被信任，連出版一本舊作散文集，也要被出版總署調走審查時，你的內心便終日都有種焦慮和不安。而這種焦慮和不安，也就從此成為你的寫作、你的生活了。它既是你的精神存在，也是你的現實生活。吃飯時，毫無疑問你能分清筆桿和筷子，但每天寫作時，你分不清它是你的紙上生活，還是你的精神生活或者日常生活了。

恐懼就這樣成為你生活的一部分，就像寫作成為你生命的一部分。你活著就必須寫作，你寫作就必然會焦慮、不安和恐懼。而因為恐懼和對恐懼的逃離，你便會在寫作中有一種「我不怕你」的姿態來，如靜夜中的孩子，在曠野中行走時，因為膽怯會喚出的「我不怕！我不怕！」的吼聲樣。他因為害怕而喚出了「我不怕！」，因為大喚出了「我不怕！」，則更加的害怕和膽怯。

其實，我和我的現實，就是一個人在面對他的奧斯維辛；而寫作，正是一個膽怯的

孩子在恐懼中發出的「我不怕、我不怕！」的自招自認的吼喊。這種吼和喊，正是你最大的膽怯、恐懼和不安。

三、每天都想哭一場

這些年，我不停地寫作。無論身體多麼不好都在寫。只要在家幾乎每天都在寫。散文、小說和關於我對小說認識解悟的理論或隨筆，但我真正想寫的一本書，卻不是這一些。而是一本書名叫《我為什麼每天都想哭一場》的書。它不是虛構，不是小說，而是一本「心緒紀實」。其中這本書要記述什麼，我完全說不清；具體會寫什麼內容，我也不知道。然而，在幾年前某一天，偶然的一瞬間，想到「我每天都想哭一場」時，就總是想要去寫它。這本書的這顆種子，就這樣在內心播下了，生根發芽了，什麼時候結果或開花，是沒有確定季節日期的，但它的根芽，卻是在你內心年年月月、枝枝蔓蔓了。

說起來，相當酸溜溜，我是很不像一個男人的人。也許這樣說，就不該是一個有一絲血性的男性作家說的話——我大約是世界上最沒出息的男人了。我經常獨自一人待著時，因為什麼事，想著想著就哭了。有時會淚流滿面，泣不成聲，莫名其妙地哭上很

長時間。有一次，也就在三年前，我在我家窗台上看著樓下的一座佛塔，不知想到了什麼，也許因為佛教讓我想到了死亡，就忽然哭得稀里嘩啦，坐在地上獨自淚流，像一個孤兒樣，直到哭著哭著瞌睡走過來，把我帶到床上去，還把枕巾哭濕了一大片。

還有一次，我和妻子因為一件很小的事情有了爭吵，爭吵後她上街去買菜，還問了我一句「中午吃什麼？」可她走了後，我不知為什麼哭得不行，直到她買菜回來，看見我兩眼通紅，問我為什麼哭？我才止了淚水止了哭。為什麼哭？不知道。真的不知道。

她不知道，我也不知道。可我就是覺得現實生活沒意義，像是集中營，有那種無法擺脫的焦慮和不安、恐懼與無奈。可一想到死亡，就又覺得恐懼、無奈就是你生活的本身，焦慮不安就是你活著的過程必然時，你就無話可說了，默認一切了。對命運的沉默，成了你命運的本身；對現實的無奈，成了你生命的本身。於是，寫作就成了你生命唯一的意義和存在。

我從來不相信我這一生能寫出如別人寫的那麼好的作品來，可我必須就這麼一日一日地寫下去。

我從來想不明白，寫作在我的後半生中是什麼意義——如同我非常明白，我的早期寫作是為了逃離土地和對抗、背叛命運樣，而後半生對寫作的意義，是如此的糊塗和模

沉默與喘息　146

糊，但卻又就只能這麼一字字、一篇篇、一部部地寫下去。我不能不寫作，又不知道為什麼要寫作。現實世界就像我的奧斯維辛樣，可我寫出的文字除了對它的恨怨、批判，但卻又確確實實含著一層愛，猶如一個從監獄逃出來的人，對監獄生活的懷念般。不知為什麼。我什麼都說不清。但似乎可以感受到的一點是，在寫作的過程中，手握鋼筆、面對稿紙時，我感覺我是一個真正活著的人，活得有些尊嚴的人。

去年四月份，我在香港浸會大學，因為手寫，幾天時間都不開電腦，可這時，卻接到北京的一個電話，說你的郵箱有美國某某某給你的郵件了，你應該好好想想這件事情了。然後，就因為這個電話，幾天間我徹夜難眠，連續幾天都要半夜起來寫作和閱讀，直到精疲力竭，重新回到床鋪上。我家被強拆時（又說到了這件事），有人暗示我公安已經介入你的生活、調查你的過去了；說你該閉嘴、停筆注意了。於是我就又開始坐臥不寧，焦慮不安，連出門和人談談這件事的勇氣也沒了。連在微博上把被強拆和強暴行為的場景敘說一下的勇氣也沒了。我是那麼的懦弱，像一隻在山野找不到家的羊；又是那麼身上如同一棵見風就倒的草；可你又那麼明白自己能做什麼和不能做什麼；敢做什自己缺乏勇氣，活得如一條溫順無奈的狗。我恨自己無能力，無骨氣。文人的氣節，在麼和不敢做什麼。於是，就在生活中膽怯和恐懼，焦慮和不安，猶豫和矛盾，在寫作中

逃離、逃離、再逃離。寫作成了你對現實的迴避所。小說不是你對現實的直接映照，而是你內心逃離的描繪。用各種各樣的方式講故事，講各種各樣的故事。就這樣，你用寫作去逃離，而逃離又顯示出某種好像的背叛和對抗來。似乎是因為逃離而對抗；因為對抗而背叛；因為背叛又似乎更介入。這就是你的寫作與生活組成的循環鏈。你就被這個鏈環鎖鎖著你生活和寫作，寫作和生活。到最後，生活不一定是你的寫作，但寫作必然是你的生活了。生活不一定影響你的生命，但寫作就必然是你的生命、並影響你的生命了。

　　因為這個鏈條和邏輯，當現實成為你的奧斯維辛或部分地成為你的精神集中營，而你又沒有能力在現實中反抗與背叛，你就在你的寫作中逃離和背叛了；你借助小說，試圖把自己從現實的懦弱中解救出來。於是，你的寫作自然就朝著「從逃離到背叛」的方向走，朝著似乎最有獨立人格的那兒去，朝著做一個寫作的「叛徒」去努力。這種「叛徒」的所指和形成，不光是小說的內容，故事與人物，還有藝術本身的諸多元素，如敘述方式、語言行文、結構技巧和文學中的文學觀與世界觀，一步一步，就開始如脫韁的馬樣朝著遠方奔過去；朝著被接受和不可以容忍的方向奔過去；朝著更被誤解、誤讀的方向奔過去。如《四書》和剛剛完稿的《炸裂志》，它們對中國的現實世界是逃離的，

又是背叛的，可卻又以這種逃離、背叛完成著直接的介入和真實。而在小說的藝術思維上，它也是逃離的、背叛的，企圖在中國小說的敘述上，完成一種新秩序，而不是中國小說那種集體的、固有的，被包含政府在內的讀者和批評家，都能認同和接受的。而結果，《四書》壓根就在中國沒出版；《炸裂志》的命運也還難料定。

你最希望讀者讀到的小說，不能用母語在本土出版時，你體會到一個人自己把自己的靈魂放逐到遠方的「靈魂流放」的味道了。理解了把那些不同政見的異己人士，趕到異國異地是何等的聰明與智慧，如同讓拳擊手離開拳擊台，到沒有對手的空無裡，去對著空氣使用你的拳力和拳技樣。而讓一個自內容到形式，從思維到想像，都有背叛傾向的小說「流放」在外邊，其實也就是讓你的人活著，而讓你的精神在外飄蕩和漂浮。讓你的人生是落地的，卻又有一種頭暈的漂浮感。

必須要承認，這種身體在地的漂浮感，遠比讓肉體和靈魂都在母語的土地之外流蕩、流亡的漂浮更為溫和與踏實。但在某時候，對於某些人，這種在地的漂浮感，卻讓人比被流放國外有更多的焦慮與恐懼。因為徹底的流浪、流蕩與流亡，從某個角度說，也是徹底被流放的一種解放和開始。但讓你的雙腳始終踏著母語的土地，而讓你的寫作——精神與靈魂——去流浪與流亡，而又使你不能有一種徹底性，只能有一種嚮往性；不能有

一種完全自我的獨立性，而只能有那種軟弱、懦弱中的倔強性。於是，不安到來了，恐懼到來了。現實世界永遠是你的集中營。而寫作，因為從根本上不能使你的精神解放和自由，而只能是你的精神有種流蕩、流放的漂浮感，並不可以真正讓你逃離和背叛。那麼，離開寫作，我們又能幹什麼？除了寫作，你別無他有。而寫作本身，又難以自救。

不能放下筆的人，只能寫下去。如此的寫下去，恐懼、不安、焦慮和背叛的可能和不可能，就永遠和你在一起糾纏和羈絆，就永遠與你終生同行了。

08

在高度集權與相對寬鬆的雙重天空下

既放又養，既放又圈的關係，就是今天中國政治與中國市場經濟，和中國權力與中國文學的特殊關係。可惜的是，中國文學不是美麗的斑虎，而是比較溫順的綿羊。

現在，我們來設想這樣一種情況：有一隻猛虎被從鐵籠中放了出來，再也無法把牠收回到籠子去。如此，就面臨著以下幾種情況：一是管虎的人，一槍斃命，把這隻老虎置於死地。可那樣，這個管虎的人，就失業回家了，沒有工作了；二是放虎歸山，讓這隻老虎自由、隨性、占山為王，與森林、天空、河流為伍，成為真正的自然之子。這樣，管虎的人也無事可幹了，成全了老虎，而犧牲了自己的職業、權力和被遊人敬畏的尊嚴，無所事事，最後也只能是老虎歸山，自己回家。第三，既然不能把老虎收回籠內，又不願把牠放逐曠野與山脈，那麼最好的辦法，就是給老虎一片相對原生態的養地，讓牠在一定範圍內自在遊蕩，再適度地餵牠一些食肉，使牠在限定中自由，而不那麼那麼急於衝出這塊限定的界線，歸回純粹自由的山川；而這位養虎之人，因為手中有老虎的食需鮮肉，老虎就不會走遠離去，也不用一定要收圈入籠，讓飼虎者冒著虎再入籠的傷血之險。而且管虎人──那位飼虎者，也保留了自己的工作、職位、薪水和管虎、飼虎的樂趣，同時還依舊保全著他管虎、養虎的威嚴、權力與在遊人面前的尊嚴。

看來，在老虎離開籠子之後，最好的人虎關係是第三種。

這第三種既放又養，既放又圈的關係，就是今天中國政治與中國市場經濟，和中國權力與中國文學的特殊關係。可惜的是，中國文學不是美麗的斑虎，而是比較溫順的綿

一、陰霾和陽光交錯間的經濟地帶

談論中國文學，有些無法避開的話題，猶如船舟與車輛避不開大海與公路。如政治，文學可以避開政治而文學，且作家對政治的逃避如要逃避瘟疫樣，但在有時候，在有的環境裡，政治會半夜鬼敲門，借住在你家客廳內，於是，你就無法逃避並視而不見了。

曾經說過的問題——在中國，沒有一個作家的寫作可以真正逃離審查制度的過濾，如此，哪個作家可以說他的寫作和政治無關呢？當然，談到中國作家乃至世界上很多作家避之猶恐不及的政治和權力，要說清的是，中國式的政治和權力，和三十幾年前毛時代的中國絕對集權以及今天北韓式的絕對集權是有所不同的。這個不同的最大特點是，就是中國經濟上的高度開放與政治上的盡力縮緊。在這個縮緊與開放的悖論中，市場經濟如同放出牢籠的那隻猛虎，因為再也無法收回籠子去，無法關閉門扉把牠圈起來，就不能不給牠一塊相對寬鬆、自由的天空和闊地。如此，為了讓這隻猛虎能如汽車沿著公
羊。

路樣朝著可掌控的方向走，而不是一隻可以自由隨性的魚船，在大海中可東可西，可南可北地自由航行，那你就必須給這已經放出籠子的虎——市場經濟、人們的思想與言論相對——僅僅是相對的寬鬆和自由，以讓市場經濟自然、自由的規律可以透氣和呼吸；讓人們自由的言論和思想，可以在縫隙中喘息與生存。於是，中國政治與市場經濟，就成了虎與肉的關係。政治不給市場經濟一定的寬鬆和餵養，它餓極時不僅會傷人，還會撞塌權力的台柱和基座；而給了它太為闊大的天空和寬鬆，讓它徹底獲得它本該擁有的自由後，它會因為自由而有力的奔跑和飛翔，從而拖垮、拉倒集權的座基和座椅。

中國式的集權與相對寬鬆之自由，正緣於中國式的政治與市場經濟之關係。在一種民主制度下，讓山歸山、水管水、虎歸虎，那麼山水、老虎、林木和其他的禽獸，都有其個體，但又同屬於自然之整體。所謂自由與和諧，也正是讓水繞林、虎歸山；讓山有虎、林有雀的自然歸於大自然。但在另外一種集權制度下，那就是讓虎在籠內，自然山水都在權柄之下。即便是林木與花草的枯榮落敗，四季風雨的到來走去，也要努力掌控在權力的控制和計畫之中，花開與花落，春夏與秋冬，都在權力的安排之下。

然而，今天的中國，卻不在這絕對集權和寬鬆自由的二者之中，而在二者之間，左腳跨東，右腳在西；一邊是集權，一邊是相對之寬鬆。世事萬物，都在權力和相對寬

鬆的胯下。那胯下，是一片比手掌大出些許的天地，一切的自由，都在這胯下安頓和排演。自然，這也讓權力的雙腿、胯部和身軀，勞累精竭了許多。因為那胯下的出籠之虎，總是想要回歸山川，獲求牠的天地，所以你需要適度、適時地餵養與奉飼。餵多、養壯了虎的身軀，牠會掙胯而去；餵少了、餓極了，牠又會咬腿傷胯，弄出一片的血傷來。這就是中國！這就是中國高度集權與收不回的·自由市場經濟的矛盾和關係。而文學，正就在一邊是高度開放的經濟，一邊是高度集權的政治的雙重天空下，生存和呼吸，發展和寫作。

集權是文學陰霾的天空，相對寬鬆是從那天空漏下的明媚的日光。於是，文學就在這時雲時雨、時日時風的天空下生長、開花、歌舞和歎息。

二、不可迴避的寫作與政治之關係

文學可以疏離政治，正如一個不愛重口味的人，完全可以吃素一樣。三十年前，中國是「文學要為政治服務」。文學是政治的一個部分，文學隸屬於政治之下。文學不關心政治，監獄就會關心作家。而今天，於文學而言，情況有了天覆之變。文學不僅可以

不關心政治，而且作家的寫作，倘是有能力和法力，還可以大於政治、高於政治，乃至於領導政治。

文學疏遠和逃離政治，這是很多作家的寫作立場和原則。因此，有很多好的作家和作品，如被中國作家敬若神明的卡夫卡，其作品是完全可以和政治剝離開來去說的。中國古代作家陶淵明和現代作家沈從文，也都因在寫作中成功地逃離政治和現實而被後人仰視著。現在要說的事情是，當政治不僅是政治，而且成為我們生活的一個部分時，成為我們必須面對的日常生活時，或者說，當政治和我們的日常生活混為一潭，水乳交融，不可分割時，我們還應該疏遠、逃離、迴避嗎？

中國自一九四九年之後，人們的日常生活，從來就沒有和政治分開過。不僅是政治左右著人們的日常生活，而且是政治完全滲入了日常生活。知識分子能把「反右」從自己的日常、人生、命運中剔出出去嗎？所謂的「三年自然災害」，全國餓死數千萬人口，幾乎家家飢餓、人人飢腸、墳塋遍地，這究竟是政治集權所致，還是蝗蟲、旱災的結果？當我們面對這場人類的災難時，我們能只去描寫飢餓而絲毫不去考慮政治、權力、人禍之根由？

文革是中國所有人的一場革命，也是所有人的十年之日常。

就是到了三十年後的今天，在「六四」之外，動盪的大政治從我們的生活中有所退場，但卻在另一面，政治對我們生活的影響卻更加細碎、尖銳和無處不在。如果我們不去關心一個大學生在勞教所「躲貓貓」的死去，不關心一個人的生命在監管中「洗臉溺亡」，因為這些「特殊事件」都太有偶然，都為個案，都太「政治與現實」，那麼，我們每一個人都必須面臨的住房、計生、教育、醫療、就業、下崗、進城打工、強拆事件、城鎮化發展，每一項，每一個案，又都必然牽扯到我們的制度、腐敗、透明和公平與公正，還有貧富差距與新階層的形成，這些又哪能徹底、清白地和權力及政治劃清界線、脫開關係呢？

幼稚園的天空，充滿了兒童們純真的幻想與陽光，如果每次談到幼兒教育，就談到幼兒教育的腐敗，也未免僵化和小題大作。小說中寫一個進城打工的青年，不一定都要去寫城鄉差別和中國的用人制度和戶籍制度，以及城市擴張對鄉村的極度壓迫。文學是多樣的。今天也是文學可以多元、多樣的一個相對寬鬆的年代。正如我們的幼兒之教育——幼稚園既是少兒成長的美好園地，可也還是隱含政治在內的社會之教育。文字的筆觸，在這兒完全可以百分之百的美、善、陽光和健康，但如果有文章和文學，在這一聖潔之處對教育的弊端，有更深刻的思考和批判，也是應該與必然的，不該文學相遇權

力和政治，就是非文學而要批評的。今天的中國社會，人心到了前所未有的複雜期。什麼樣的社會結構、形態、善惡，都可在生活和人心中呈現和發生。一切生活——仍如最為潔淨的幼稚園，都滲透著權力、政治的污染和破壞。如每年幼兒報名入園這樣的小事情，都會在登記幼兒名單時，同時要登記幼兒家庭之背景，要弄清幼兒的父親、母親的職業與職務，這比幼兒的姓名、愛好更為關鍵和重要。如果哪個兒童的父母職高權貴時，這個兒童在他（她）的幼小成長中，就會得到相應更多的照顧和特殊。這是世俗的，也是權力所賦之必然。因此間，也就使得天真無邪的孩子們，一上幼稚園，就明白權力在世俗中的意義和不可或缺性。因此間，也就在每年六一兒童節，形成了兒童家長都要給幼兒老師「送禮」這一可笑的畸形之慣例、之奇觀。就此一普遍的小事之特例，它是日常的、普通的、世俗的，同時卻也是政治和權力對世風的異化之結果。就此而言，在這樣的日常小事中，我們能把「權力」和日常各分東西嗎？能把政治的腐敗從最潔淨的去處剔除出去嗎？如此就更不要談各行各業、各部門的權力和政治腐敗之侵蝕影響了。

我們要面對的問題是，文學可以疏遠政治，但生活卻不能逃避政治。一如一個家庭，可以關上門窗吃飯和言論，可以盡力把家庭日常和社會現實分開來，但你分不開的

是每個家庭都必須的兒女讀書、畢業分配、就業失業、購房醫療等最基本的人的生存大元素。當人無法和這些人生的生存元素分開時，生活就無法擺脫權力、政治、社會的干預和影響。政治和權力，就無孔不入地影響和滲透到你的生活、生命了——這就對中國作家因為歷史上政治對文學長期的引領和干預（今天也依然如此），而導致的文學要疏遠政治的集體共識提出了一個疑問來：

文學可以疏遠政治，但當政治成為我們日常生活和不可迴避的人生時，我們該怎樣面對這樣的生活、人生呢？

「九一一」這一舉世震驚的恐怖事件，毫無疑問是駭人的國際政治事件。文學、電影等藝術可以去面對它，但基於藝術多元、豐富的元素，當然也應該允許無數的作家、藝術家去疏遠它，迴避它。而隨著時間的推移，如果有一天當這一政治事件和恐怖主義成為人們的心理元素，滲入到幾乎所有的美國家庭和大多數人的心理日常時，文學與藝術還可以迴避、疏遠、視而不見這一事件和它的影響嗎？這就是問題之所在。中國的政治對人和人們生活的影響，就很像今天的「九一一」事件和恐怖主義對無數的美國家庭和美國一代、又一代人的心理之影響。我想，如果所有的美國作家無一例外地都來關心「九一一」和「九一一」對美國人的心理影響是不對的；但所有的作家都採用遺忘、迴

避的態度來疏遠、逃避這些也是不對的。作家要允許有作家對政治充耳不聞；作家也要允許有作家對政治、權力、腐敗和黑暗的現實與歷史的關注和思考，尤其在人們都還生活在極度集權的天空下。因為文學最重要的目標之一是，對人性、情感最複雜的描繪與見證。而當這種人性、情感的緣由、根起又與制度、權力、政治、公平、自由密不可分時，文學迴避了這些，就等於凝視一棵樹木的枯榮時，有意去忽略它的根土與季節。當政治滲入到每一個人的日常生活時，作家集體對政治的逃離是可笑的，也是可悲的。對今日中國寬泛、複雜的政治言，文學逃離、疏遠權力和政治，也是政治與制度不戰而勝、並正中下懷的。

三、文學高於大於政治，是作家面對現實與創作的大境界

政治允許今天的中國作家以「純文學」的名譽疏遠、迴避政治，是一次開明和進步，一如父親允許兒女除了讀書，不要過問家事樣。然而，允許你不關心社會、現實、權力與政治，卻不允許你關心現實、政治與權力，這就是進步中的陷阱和開明的弔詭了。是國家政策和政治家對文藝干預的策略和手段，乃至於是一種預設的「文學陰謀」

了。真正的開明、進步與開放，是要允許作家對日常、細碎和人的情感、情調、情緒及由此牽涉的人之內心、靈魂的關心與關注；但同時，也要允許並鼓勵作家，由於社會的現實（如尖銳的權力與政治），對人的生存處境的逼迫、擠壓所造成的境遇的思考與關注。是要允許作家透過對現實的正面逼視去關注人心和人的處境的。如果造成現實中人的生存困境的是政治、制度和權力，那就應該允許作家去關注社會的政治制度與權力；造成人類生存困境的是資源和環境，就允許作家去關注資源和環境。如中國的環境與保護，惡劣到在北京之街頭，人都無法行走與呼吸，到了似要窒息的境地裡，一個小說家難道還不能從文學、生存的境地去思考和描述這一境遇嗎？眾所周知，中國的環保問題，是由一味的經濟發展帶來的。而經濟的畸形發展，又是由權力和社會的政治制度造成的。由此，假如一個作家在關注人的生存境遇和環保時，它可不可以去思考政治制度和社會制度呢？事實上的真正寫作情況是，文學單純的關注環保是可以的，乃至是純粹的、詩意的。但把這一關注延伸到現實中的政治與社會之體制，就必然會遭到禁止了，就要遇到思考和探究的紅燈了。

需要探究的一個藝術結節正好在這兒：難道藝術關注現實、政治、權力、體制就是深刻嗎？就是思想嗎？不關注就不夠深刻和缺乏思想嗎？這是所有讀者和作家遇到的

尷尬和看似簡單、卻從來沒有說清過的一個疑問。一如是殺雞取卵好，還是養雞等蛋好那悖論的兩可與猶豫。殺雞是一種終結，但卻是一種美味；等待是一種期待，但卻也可能是飢餓和最後到來的虛無和無果。每一個想要回答這一問題的作家，都勢必在兩難的怪圈中，躊躇和徘徊。但文學創作的已有回答是，我們不能簡單地把美國作家的《湖濱散記》、《沙郡年紀》和《星星、雪、火》和歐威爾的《一九八四》、《動物農莊》及土耳其作家帕慕克的《雪》，去放在同一平台做比較，由此結論出了誰好誰劣，誰更有藝術分量和價值，一如同是美味，我們不能說猴頭比燕窩好，海鮮比禽肉好。文學的奇妙，就在這個價值的結節上，它既有可比性，又沒有可比性。一如我們不能問中國的京劇好，還是我家鄉的河南豫劇好；不能說美國的黑人爵士樂一定就沒有白人的鄉村音樂好，或說爵士樂一定就比鄉村音樂好。舞蹈和歌劇，同屬於舞台藝術，但卻是不同的舞台藝術。在寫作中疏遠政治和權力，是一種創造和寫作，但接近和直面政治、現實、權力的，同樣是一種創造和寫作。基於中國作家在近百年來，尤其一九四九年以後在藝術上受到過多的革命、政治和權力強烈而無休止的擠壓和干預，作家、讀者、批評家、形成的基本共識是，文學疏遠政治是一種「純藝術」，而親近現實與政治，則為「嚴肅」而非純粹的藝術價值觀。這種文學的純粹觀和現行的國家文藝政策，允許並鼓勵文學對

現實的疏遠與迴避，如在讀者和市場間大行其道的類型化寫作（穿越文學、鬼怪小說等）與盛行於年輕一代作家的自我、情調與青春化的美傷的寫作會得到褒獎樣，但與之相反的，卻是不允許和不那麼允許你對現實和現實中人的境遇去關注和思考。這就對那些真正願意對現實、歷史承擔起責任的作家，提出了更高、也更具體的要求：那就是，文學在關注現實——被權力和政治浸淫、滲透的現實生活時，作家必須站在更高的層面上，不僅是你的寫作是關注現實的，也是高於、大於現實的；要求你在關注政治時，不僅是政治的，還是生活政治（非政治生活）的；不僅是生活政治的，還要高於、大於這種生活的政治和被政治浸淫的生活。

對於作家言，這種文學要高於、大於生活的政治和政治的生活，尤其是被政治徹底浸淫的日常、現實的社會生活的要求，和很多人說的「文學要超越政治」是不同的。「超越」，它的本意也是高於和大於，如同公路上一輛賽車對另一輛賽車的奔馳超越樣，你必須是在本公路和本賽道上的超越和領跑，但在中國文學那兒，所謂的「超越」，是指那種對政治和現實的疏遠和繞道。是指那種過分沉浸在藝術形式之內和現實生活之外的寫作。當這種脫離跑道、車軌的——疏遠尖銳的社會生活、迴避人的最直接困境因素的寫作，被共同視為是「超越」的寫作時，那種寫作是可以稱為某種藝術的

「軟寫作」。那麼，我們就來基於這個「超越」後的軟寫作，而談論對現實最直面的、絕不迴避的那種大於、高於的「硬寫作」。

是的，中國作家的寫作，正有著直面的「硬寫作」和疏遠、迴避的「軟寫作」。但在所謂的不迴避任何現實的尖銳、尤其不迴避被政治浸淫的現實生活的那種硬寫作中，最忌諱的是粗淺、簡單，不能高於和大於。而高於和大於，就是要求你在硬寫作中始終不能脫離文學對人、人的情感與靈魂以及人在社會現實境遇中的精神處境的洞察和把握。

中國的「重慶事件」，早已是全世界關注的焦點。毫無疑問，全世界人都明白這個事件是中國的政治事件。而這個事件也是所有中國人、中國作家在飯桌、茶樓永不忘記的最重要的話題和談資。但是，卻沒有一個作家想起要去進一步的了解它和寫作它。為什麼？因為它是太大的政治事件，太大的敏感和機密；另一方面，中國作家也覺得它太現實，太尖銳，文學上的意義難以高過和大過事件之本身的政治隱含和爭鬥。我們以這一事件為例，所謂的「文學高於、大於政治是作家面對現實的大境界」，就是要求作家有能力、並對此有刻骨銘心的體驗與觸動時，可能或願意，去對此寫作（創造）時，要求作家翻越和穿透「重慶事件」的迷霧之本身，回到「重慶事件」主人翁薄熙來和谷

開來，以及他的兒子薄瓜瓜和王鐵軍與英國人等所有各路人物及重慶眾多市民的生存和精神困境上——要明白，薄熙來、王鐵軍、谷開來這樣職高權貴的人，在做為人的生存、精神困境上，他們的內心和靈魂，是要比我們一般人更為焦慮不安的，更為虛妄虛無的，更為複雜和豐富的。文學如果能從這一高過、大於的層面上，寫出重慶事件中所有人作為「人」的靈魂和困境來，也許就算是作家有了我們說的「高於、大於的大境界」。這一點，說得淺顯明瞭些，美國作家柯波帝的《冷血》，是在高於、大於事件本身做出嘗試的（儘管上世紀六〇年代轟動美國那一殺人滅口、慘絕人寰的事件和政治無關），但我們不能不說，《冷血》是穿透了事件，回到了人的靈魂上，從而也超越了事件本身的。另一個例子是，馬奎斯的《族長的沒落》，這部作品也是大於高於社會政治而進回到文學本身的。當然，我想最成功、最偉大的典例還是中國人最熟悉的《紅樓夢》。毛澤東這人為什麼把它當成一部充滿政治意味的「封建資產階級的沒落史」？那是因為這部偉大的小說中，無處不在著權力、政治所浸淫徹透的大觀園的現實和細碎，倘若我們可以把《紅樓夢》中所有的土壤都扒開來，我們將四處看到權力與政治的白骨和腐血。但是，因為曹雪芹的偉大，他真正、徹底的高於、大於我們說的現實、社會、權力、政治了，回到了人和人的境遇中，從而是一部《紅樓夢》，不再是一部「生活的

政治」和「政治之生活」的小說，而是一部偉大、不朽的文學之名著。

回到「重慶事件」和「薄系家族」上來，如果人，如果是曹雪芹去寫，他會寫出一部真正大於、高於這一政治事件和「薄系家族」的「紅樓白樓夢」。這兒作為一個中國人，中國的讀者和作家，我說的大於和高於，在面對重慶這一政治事件時，是希望「重慶事件」和「薄系家族」成為新的曹雪芹的「紅樓夢」。

內心紀實的「冷熱血」；如果是馬奎斯去寫，那會是一部新的虛構和想像的家族「魔幻史」；而如果是曹雪芹去寫，他會寫出一部真正大於、高於這一政治事件和「薄系家

四、我在權力、政治層面寫作的得與失

回到我自己的寫作上。

我不認為我寫出了多麼了不得的作品來。中國有很多優秀的作家，他們的寫作正如中國的經濟樣澎湃噴發，不可阻擋，但也伴隨著寫作本身的諂媚和無力，荒謬和扭曲。

寫作本身無力、諂媚的荒謬，是作家的悲劇，但社會現實的荒謬與扭曲，對國家和社會是件壞事情，對文學就是一件好事情。只要作家敢於面對權力和現實，在荒誕中寫作，

在扭曲中尋找和思考，也許文學之樹就長出了不一樣的枝葉來，結出了不一樣的果實來。如同一棵樹，從懸崖的石縫中發芽，扭曲著身子生長，最後就有了最美妙的一處景色樣。中國文學就是這樣子。所有的作家，都在極為荒誕、殘酷、豐富的現實中生活和寫作，寫出了各式各樣的作品，培養了各式各樣讀者，難為了各式各樣的批評家。而我這兒說的在「高度集權與相對寬鬆的雙重天空下的寫作」，就是這各類寫作的境遇之一種。是一種扭曲、變形的矛盾和思考。是作家在半是海水、半是火焰；半是風雨、半是光亮的時冷時熱、忽燥忽寒的「中國氣候」中的寫作的生存和寫作的退守與抗爭。

在這個「忽冷忽熱」中，「軟寫作」得到了溫暖，「硬寫作」收穫了寒涼。但是，彼此在短時間內，又不會跨界和妥協，又都在寫作中施展和進取，這就不得不在這寒冷交錯中，停下腳步，思考未來，總結當下，以便在未來努力的「高於、大於」中，不使自己寫作的筆尖斷掉在稿紙上。

就我的寫作而言，大約是從來沒有放棄過和中國現實與歷史的對峙與關注。那種近距離的凝望與聚焦，使你和現實與歷史構成了極度的緊張與不安；使你對人或說「中國人」的認識，也失去了人們可以接受、樂於認同的那種「美」。從而使幾乎所有的讀者，都以為你是那種「硬寫作」，具有某種「對抗性」。我不否認這一點。我想說的

是，如果都這樣簡單認為時，你小說中「柔和美」、「暖和愛」的一面就被遮蔽了。久而久之，自己的寫作也會在這種難以判斷的半褒半貶的評判中，變得猶豫和模糊，從而失去自我，失去中心，失去作為作家對「柔美」的感受力。也許我確實正在失去這種感受力。因為寫作在社會、權力、現實對人的擠壓上的聚焦過多時，而對具體「人」和個人會失去最柔嫩的體味、洞察和溫暖。我需要警惕這一點。需要彌補、豐潤這一點。需要在「硬寫作」中汲取「軟寫作」的細嫩與柔美。

不能否認，中國作家是在高度集權與相對寬鬆的扭曲環境中寫作和生存，但要警惕，寫作疏遠和有意迴避中國最尖銳的矛盾，和哪種被政治浸淫的歷史，和每日每時都正在浸淫著的現實生活時，而在相對寬鬆中漏落的陽光下，也有花開和綠草，也有人的美好和柔細，也有面對生存困境的知足和微笑。一句話，「硬寫作」不能排斥某種更具文學意義的「軟寫作」，要汲取某種「軟寫作」的養分和滋潤，使這種「高於與大於」，可以跨越柯波帝的「冷熱血」；跨越二十世紀荒誕和魔幻的文學屏障布，寫出新的、現代的「高於大於」後的「中國式小說」的「紅樓夢」。

第二，這種對現實的高度關注，對硬寫作的崇尚，正在讓我失去對普通人最日常的關注、關照和心靈的愛。對土地的情感，也因為對日常的遲鈍而變得模糊和失去敏銳

性。我的寫作，注定無法離開故鄉的那塊生養我的土地，如福克納注定無法離開他的「郵票之鄉」樣。可今天，當我離開那塊土地三十幾年後，儘管年年都還要回到那塊土地上居住和生活，但我和那塊土地上的人，卻愈來愈無話可說了，沒有共同語言和相同的思維了。今天，我回到那塊土地上去，好像不再是因為你是那塊土地上的人，而是因為那塊土地上還有你的親人你不得不回去。你不再能理解那塊土地上人們的說笑、爭吵、閒扯和對柴米油鹽的情感與執著，更不能明白他們對物質人生的強烈追求和對精神荒蕪的那種淡定與自然。也許，你已經真的不再是那塊土地上的人。僅僅是因為你為了寫作要從那塊土地上索取、搜刮故事、人物、情節與細節，你才要回到那塊土地上去。

每次回到老家裡，我經常和我的哥哥相對無言，坐半天說不出一句話。

仍然是每次回家，都和母親睡在同一間房屋內，可你已經不想再聽母親翻來覆去說了幾十年的車輪子話和鄉村生老病死的故事了。

好像，和我的姊姊們也很少坐下來，聊聊姪男姪女的生活、生意、工作和耕種了。

這是真實的，也是非常可怕的。這都在寫照著我正對那塊土地產生著厭煩，失去著情感，對日常、世俗的生活變得沒有耐心，而日口增加的，卻是對世事的厭惡和對人心感受的遲鈍和麻木。

第三，因為對「高於、大於」的追求，我的寫作正在對文學的「小」，失去敏感和愛意。如果寫作中的硬寫作和軟寫作是成立的話，那小說中的「大寫作」和「小寫作」——不是指中國小說中的字數之多少，而是指寫作思考的「大」和「小」——也是可以成立的。比如可以把托爾斯泰的寫作從內容的寬度、長度和深度稱為「大寫作」，而把契訶夫的寫作稱為相對來說的「小寫作」——可這又哪兒能因為契訶夫寫的小人物、小事件就說他是小作家？而托爾斯泰就是大作家？這個「小」和「大」，是一樣偉大的。一樣具有文學不朽價值的。而且在很多時候的寫作中，契訶夫的小裡可以丟掉托爾斯泰的大，而在托爾斯泰的大寫裡，卻無法丟掉契訶夫的小。正如安娜的身邊不能沒有僕人樣，而小公務員的身邊卻是最好沒有那個將軍的。《戰爭與和平》中寫了那麼多的將軍和軍官，可沒有那成千上萬的士兵還怎麼有戰爭與和平？

因為對人的頭頂上的權力、政治、社會、現實之關注，我現在，可能正在失去對平常人、平常心、平常生活的感受與把握，正在失去對小說之「小」的敏感和追求。從權力與政治的寫作層面說，我重大而輕小，固硬而疏弱。也許我的寫作正在走向偏差和弔詭。在極度集權和相對寬鬆的天空下，我想我不能僅僅看到集權的陰霾，還要看到相對寬鬆中漏落的那一絲陽光對陰霾的微笑與和藹。

天終歸是要晴的，人們終是要爽朗大笑的，我們在集權陰霾中的寫作，也應該讓筆尖散發出未來的光亮來。

09

被牧放的羊或逃群而行的獨立性

作家的寫作大多沉陷在被文學體制認同、也被讀者和批評家共同接受的標準裡。而文學中最具個性意義的創造性，在這個標準裡被剔除出去了。真正的懷疑主義和剔肉見血的批判、諷刺的尖銳，被剔除出去了。

這是一個談過未曾談透的問題。

我們經常在生活中或影視作品中，看到這樣一個場景：山坡上有一群羊，在自由自在地吃草或在河邊自由的渴飲，但在那羊群的背後，或群邊某處的岩石上，卻站著一個牧羊人的身影。他高高的舉著牧鞭，或懶散地依樹而立，胳膊彎中夾著牧羊的鞭子，吹著口哨，唱著牧歌。那麼，這群羊到底是自由的還是被鞭子專制的？

這個羊群，就是中國的作家群。

那個手有鞭子的牧羊人，就是中國體制之下的文學之體制。

一、今天中國文學體制的特殊性

文學與藝術，這是世界上最需要個體自由的一個行當。一切必須以個體方式完成的藝術，都是極其需要人的自由的行當，比如繪畫、音樂、寫作等，在某種程度上，電影、電視、舞台劇，對自由創作的渴望，是不如文學、美術和音樂的，因為它們有時更依賴於團體，不是為了「個人」的創造。但寫作——作家這個行當，因為對個體的巨大依賴，也就天然地對人和個體自由有著更高的要求。面對個體的自由，世界上偉大作品

的產生，大多都在兩種情況之下：一是個人創造，有著絕對的自由，我想寫什麼就能寫什麼，想怎麼寫，就能怎麼寫。除了作家自己對自己的約束，沒有他人、權力、制度的外來束縛。二是沒有個體自由寫作的天空，卻有個體創作在束縛中的掙扎、喘息和抵抗。

然而，中國作家的寫作，似乎不在這兩種情況之下，而在一種特殊之中。這種特殊性，就是中國當代文學確實是作家個體創作的，而作家的個體，又幾乎是不能獨立存在並真正自由寫作的。每個作家，都在文學體制之中，都是這個體制的一個部分。而這個存在的文學體制──由作家協會主導的文學制度、專業作家制度、業餘寫作的會員制度和非會員但卻在中國體制下生存的業餘寫作等，都如群羊的集體牧放，表面看，山坡上的每個羊都是自由的，但實質上，那個牧羊人，卻是在羊群邊的高處看著的，隨時會把羊鞭在空中抽響的。

如前所說，文學之體制，也是集權之組成。是集權所養，集權所成，首先為集權服務，而非為文學所需。文學體制為文學所做的一切，都是為了集權或以文學的名譽而為集權服務的。

其次，在集權控制的框架內，作家是有相對自由的。這個個體的相對自由性和寫作

自由的集權總體控制性，構成了中國作家寫作自由與被管控的最大特色。如同羊群的牧放，在牧羊人鞭子許可的範圍內，那羊是自由的、自在的、隨性的。

二、當代作家和文學體制之關係

一隻鷹要在天空飛翔時，牠不需要任何的籬笆和圍網。如果有了網欄和籬笆，鷹就沒有飛翔而只有死亡了。但是，一群羊有了牧鞭、籬笆和網欄，卻能照樣的生活和生存，而且可能會生活得更好、更肥碩。鷹和羊的差別，是鷹很少在天空集群而飛，獨立的自由，更成為牠的必然；而羊群，則群聚更好，把一隻羊單獨的放入山野，牠會孤獨、恐懼、尖叫，更渴望入群和回到圈養的欄內。這就是中國作家基本的習性，更像羊，而非鷹.；希望集體，而並不真正對個體自由有怎樣的渴望。有了集體中的寬鬆和相對之隨性，也就會滿足於那種被牧放的自在，而不再為真正個人創造的自由而爭取和奮鬥。至於說到為自由而犧牲——為個人權力而非生命的，也是難得、難求之壯舉。

為什麼會這樣？想來大約因為，一是中國人自古以來都有被封建權力所奴役的根性。直至今天，在中國的任何地方，任何時期，都未曾出現過公民社會或公民社會的烏

托邦文化與理想。古希臘時期，他們的文化人、思想家和知識分子，有「理想國」的出現，而在中國的古代，知識分子的理想是「桃花園」。「園」和「國」有本質的差別。

「國」需要奮鬥與建設，需要犧牲和理想。而「理想國」這樣的烏托邦，從一開始就有公平、公正、人權、自由的思想存入其中的，是「理想國」之所以為之理想的骨架與根由。而「園」，它不是地理面積的小，而是文化理想上的小。「園」，它是為個人的、少數的、而非想著天下國民、百姓的。「桃花園」，就其本質而言，是對權力、社會的一種逃避。是因為政治和戰亂的繁複，人要在逃離中的「相遇」，而非對社會、百姓、人民負責的創建。它的理想是逃避和自安，而沒有對他人負責的公正、公平、權力和自由的爭取和建設。它負責的是「我」，或「我們」，是一少部分人的生活和快樂，而不含有「他」或「他們」、絕大多數人生存、生活的理想準則在其中。

「理想國」是一種「國之準則」的理想。

「桃花園」是一種「我享天樂」的理想。

這就是中國知識分子和歐洲知識分子來自本質的差別。所以，直到今天，中國知識分子的理想是為己的，而非為他人和國家之未來。就是那些二口一個「民族未來復興」的人，也多半是把他個人的利益、權利、名譽作為動力的。就是在個人命運、權益受到

極大傷害時，他想的也不是「創建」，而是逃離和「大隱」、「中隱」與「小隱」。在這樣的骨髓思想裡，作家，自然是要做桃花園中的隱士，而非理想國中的鬥士了。而當隱士成為中國知識分子和作家歷朝歷代的文化理想時，誰都不會再成為為國為民的志士了，什麼人權、自由、公正、公平等，對他都不是必需品。如此，作家是和所有知識分子同樣的人，當「只求桃園自安樂，不求理國共平等」成為文化的傳統血液時，將「桃花園」之理想修正為「理想國」，其實是一種「換血」。而換血，則是一種生死大冒險。這樣，作家的寫作，自然也就寧可被牧放而活著，也不去為「高飛」而換血了。

另一方面，專制到了二十世紀和二十一世紀，無論是世界推動中國，還是經濟改變制度，對於作家的管控，權力做了最為有效的改變。即：從「圈管」改為「牧養」——把羊圈中的羊，放出來趕向山坡。如此而已。當所有的羊，在專制的圈中都想著「自由」時，到了山坡，牧羊人只是遠遠地站著，偶爾甩響一下鞭子，提醒一下「頭羊」的方向，這就夠了。長期在圈中的羊群，有了山坡和某一片荒野，空氣有了，鮮草有了，那麼我還要什麼呢？為什麼要去做那領著羊群徹底逃離牧鞭的頭羊呢？為什麼要為了大家的自由，而獻出自己的生命和利益呢？

這就是寧可被牧放，也不做叛牧離鞭之頭羊的實用哲學。是作家羊群的共有思想。

因為在集體中間，安全也還舒適，只要不在牧場上做徹底自由之他想，鞭子大抵也就不會落下來。那麼，就讓我們都待在集體中，誰都不要背叛和逃離這個被牧放的集體吧。

三、牧放和被牧放是一場寫作生存之遊戲

當被牧放作為奴性成為血液時，並不等於說作家不渴望寫作的個體絕對的空間和自由。無論絕對自由在社會上到底存在不存在，但作為人，對絕對無羈自由的追求，卻是一種天性和本能。加之個體藝術對「想像自由」的絕對依賴，面對無羈自由的追求，卻是一種天性和本能。加之個體藝術對「想像自由」的絕對依賴，面對專制下的中國式寫作之體制，作家自然對寫作的「自我絕對自由」，有著渴求的嚮往和追求。這就構成了一種局面：文學和作家的本身，是要作家去做一隻個體自由的鷹，而中國文學的體制，卻是要你成為一隻群體中的羊。不光你的身體是被圈束的，思想也是被圈束的。為什麼文學總是被號召要「主旋律」和「正能量」？為什麼「唯美」會成為文學至上的藝術標準？為什麼「娛樂至死」和「高度消遣」會得到體制的肯定與支持？為什麼在一個病態的社會中，醜態百出的現實裡，在人心墜落的幽深黑暗時，只允許作家看到光明和正面，而不鼓勵、不允許作家去幽深之處探究人性最黑暗的部位和根由？凡此種種，都是

要作家做鷹還是做羊的糾纏和矛盾。因為，世紀已經到了二十一世紀，中國的政策與開放，無論政治上多麼關閉和嚴守，作家和百姓，也都已明白「理想國」要好於「桃花園」。這樣，在時間和寫作的糾纏中，羊和牧羊人，中國的文學體制和中國的作家、讀者、批評家，也就大體形成了如下的默契和大遊戲中的小遊戲，大規則中的小規則。

1. 我給你一片草，你就不貪求青山綠水的大地了。如果把作家精神的自由比喻為大地的寬闊，那麼，體制給中國作家供給的工資、醫療與房子等，人們生存必需的物利，正是一片讓羊可以基本吃飽或不太挨餓的人工草原供給站。人的那種惰性和貪欲心，在這一點上得到了適度的滿足。於是，這就有了一種默契，我供給你為專業作家，你就只能在這片許可的草地散步和覓草；反之的越規，就成為一種背叛和不良。

2. 建立自己的文學標準，以整合作家們的自由和思想。中國文學，是有自己認同標準的。這種標準雖然不是可丈量的高度、長度、體積與重量，但「好作品」與「壞作品」，在作家、讀者、批評家和政府那兒，是相當明晰清楚的。比如政府號召的「主旋律」與「正能量」，讀者、批評家共同喜愛的「真、善、美」和被推崇的在藝術形式本身而非把形式、內容融合為一的「純」文學和內容上的「唯美主義」，這些都是文學的

高標準或最高之標準。首先達成這種標準共識的，是幾乎被意識形態控制的文學史和完全被意識形態教化控制的媒體們。而讀者，無論多麼分化，主體也還都是被文學史和媒體培養、教化生成的。而那些三筆書寫文學史的學者和批評家，他們主張在「體制內生活，體制外思考」，但出版、讀者、媒體和他自己所受教育之限制，所寫成的文學史，也大都是與政府要求「合味」的文學史，這樣，宣傳、評論、評獎和各種各樣對閱讀市場的引導與管理，一個各方妥協、都可接受的「好作品」的標準就基本形成了。

這種「好作品」的標準不寫在紙上和文件、規定裡，但卻用體制的力量與時間的紙筆，寫在幾乎所有與文學相關的作家、讀者和批評家的頭腦中。落實對「好作品」、「壞作品」的評判，就是對「主旋律」、「正能量」、「真、善、美」、「純文學」（被利用和用以點綴去陪襯其他的合理性）和唯美主義的揚化，而對另外一種用最個人的方式，最藝術的可能，真正對這個世界、現實、歷史乃至文學本身表達關切、懷疑的作家和作品，則被視為「違規」、「犯忌」和「禁止」，權力通過對媒體和多數批評家的管控，使得這類作品「無聲」或「消失」。久而久之，當人們都對「好作品」總是千呼萬應，而對「壞作品」總是沉默淡遠後，作品好壞的標準也就共識了、默契了，形成了。

而作家的寫作，也大多沉陷在了這個被文學體制認同、也被讀者和批評家共同接受

的標準裡。而文學中最具個性意義的創造性，在這個標準裡被剔除出去了。真正的懷疑主義和剔肉見血的批判、諷刺的尖銳，被剔除出去了。於是，作家的想像、創造和思想，成了被標準可以界定、管理的尺度，作家也就又成了一隻羊而非一隻鷹。無非這隻羊是山羊，偶爾愛離開羊群一會兒，到懸崖的高處或河邊的橋頭，獨自咩叫和張望，但牠終歸還是羊，一聲羊鞭的響起，牠就又歸依羊群了。

3. 把山羊與綿羊分開。我少年時候做過牧羊郎。有經驗的羊把式曾經告訴我，要把一群羊放得好，就要把山羊和綿羊分開來。一般說，山羊是愛獨自行動的，如有獨立性的作家總愛獨自思考、獨自言說樣。因此，那些愛獨自行動的山羊獨自行走時，會帶走一批跟隨牠的羊。這時，有經驗的牧羊人，牧羊時就會把山羊和綿羊分開來。把山羊單獨趕到無處行動的一個崖坡上，或者趕到哪也不能走離的一條峽谷間，而把綿羊們，留在好管好叫的緩坡處。再或者，索性就把那一隻兩隻愛四處遊動的山羊拴在某棵樹下面，讓那些聽話的羊們在規定的草地漫遊和自由。

文學體制對今天中國作家的管理，採取的也正是這個牧羊法：把山羊和綿羊分開，把被視為壞作家的，把多數被認為是「好作家」的綿羊從體制或思想上集中到一起，把被視為壞作家的綿羊從體制或思想上集中到一起，把多數被認為是「好作家」的來。

少數山羊們，從思想到行動都分開到另外一個地方去──大股大群的綿羊群體外。這種分開的方法，是靠專業作家體制和作協的會員制度，評獎制度和可管控的媒體與文學評論的褒之和抑之。能夠使你成為綿羊的，就吸收你為作協成員或專業作家，再或通過評獎、活動、會議、出國、資助翻譯等等。把你吸納入「綿羊群」，而那些三百呼不應、不諂媚、不頌讚、一定要特立獨行、孤意思考的，那就把你歸入「山羊」列。

綿羊是大多數，山羊是極少數。於是你就孤單了，冷寂了，被打入另冊了。寫作、出版和社會視你之目光，都「另眼相看」，受到更多「關照」了，不光新作難以出版，遭刪遇改，乃至你多年前一版再版的舊作都難以面世了。一邊是文學體制對大多數綿羊們多方的權力之照顧，另一邊，是對少數山羊的冷寂和邊緣。如此，大多數的綿羊和少數的山羊們，就被劃分在了「好」與「壞」的兩塊營地，一邊是肥沃的水草，一邊是乾涸的荒坡；一邊是文學體制的寵兒和關愛，另一邊是被文學體制視為逆子的冷落。到末了，山羊們就被被孤立了、孤單了、迫害了；體制的綿羊隊伍就愈發壯大、肥碩了。

四、在獨立性中熟睡、裝睡和醒著的人

今天，說中國當代作家獨立性處於一種整體的混沌，顯然是一種誇大和以偏概全的錯覺。但說中國作家獨立性已經集體覺醒，那也實在誇張和自戀。中國當代作家集體的自覺性，其實不再混沌與覺醒之間，而在覺醒後的「裝睡」之中。是一種極端的「賴床狀態」。是醒悟後有意的混沌和迷糊，如人在一夢醒來，理清了一天中許多工作、得失、利益後，又有意躺在床上享受迷糊和睡眠的朦朧之耽樂。

一切都是明白的，只是懶得去做它。

一切都是覺醒的，只是不會去說它。

就是那些唱著高調，每天都在以民族、國家、復興的名譽說三道四、教化別人的著名作家和文學工作者的領導們，他們也並不相信他們說的是真話。一如一個黨的高官每天都在大話、文件中生活和演出，但他自己也不相信共產主義樣。「我們永遠也叫不醒一個裝睡的人」。這是去年在中國很流行的一句話。意思就是那些裝睡的人，不是沒睡醒，而是太清醒。因為清醒而裝糊塗、而躺在溫暖的床上閉死了眼，你如何能把他叫

醒、搖醒呢？

今天，有才華的中國作家，個個都明白獨立、自由對寫作的意義和對中國未來的重要性，之所以會「揣著明白裝糊塗」，就是放不下手中的權力和利益。對於中國整體的文藝、文化工作者，對於這些人中最追求個體自由的作家們，體制基本不再使用革命和暴力的手段去壓迫和強制這些人。隨著中國「毛時代」的結束和一個經濟富裕、金錢寬餘的時代的到來，體制對文化、文藝人群的改造、管理、控制的方法，也從批判、迫害的革命暴力手段，卓有成效地轉化為對作家賦權、授譽、賜福的策略。用權力、榮譽和金錢的饋贈，替代往日普遍高壓政策的壓迫與迫害，使那些清醒、明白、富有才華的作家們，為了金錢、權力和榮譽、甘願臣服於中國獨有的作家制度和「中國特色」的獨有之體制。幾年前的劉曉波因言獲罪，和不久前的哲學家徐友漁、律師浦志強等人因在家庭舉行紀念「六四」而被定位「滋擾鬧事」罪，中國作家對此是保持了集體沉默的。為什麼會這樣？一是大家集體對權力的恐懼；二是擔心「多言」而失去那得到的利益。

在權益一方面，整體說，大多作家也都是「因裝睡」而獲得利益的人。是一種獨特的「既得利益者」。基於作家也是體制、現實的既得利益者，清醒者也就在獨立與自由面前裝睡而沉默。所以，在體制面前，面對作家必須追求的獨立、自由的想像空間時，

作家的隊伍有三種類型產生了。

一是真正糊塗的作家們。他們的寫作本身，在現有體制面前，不需要什麼個性、自由與獨立，只是為了大批無知的讀者和金錢。理想就是更多的讀者和鈔票，這種寫作和寫作者，是只可以稱為寫作而不可以稱為作家的。而也要把這樣的寫作者稱為作家時，那他們就是一些真正糊塗、永遠沒有睡醒過的作家了。

二是裝糊塗的作家們。他們一面清醒明白，另一面在作家體制中如魚得水。對獨立因為明白而放棄，因為放棄而受益，成為作家隊伍中的權利獲得者，竭盡所能為權力工作而獲利。他們是作家中的一群「精神分裂者」和虛偽者。因為分裂而虛偽，因為虛偽而分裂。其才華成為體制的資本，才華愈大，為體制工作的權力、榮譽、利益也愈多。在這個正比的鏈條中，變得更加明白和清醒，更加要裝成一個真真誠誠的糊塗人和糊糊塗塗的明白人。把非文學和意識形態的空話、大話、套話說成文學或相似文學的話，以使所有的作家和文學工作者，都相信文學應該是這個樣，從而幫助權力完成體制對作家想像的控制和管理。

當然，這樣長期裝糊塗的結果，也會使這樣的作家和管理作家的人，從裝糊塗中「醒」過來。別人叫不醒裝睡的人，歲月和他的命運，會把他從裝睡的狀態中喚醒或搖

醒，讓他從裝睡中睜開眼，看見和正視作家獨立性的必須和必然，並為之努力和助力。

另一方面，因為裝睡久了，也就真的睡著了，真的成了一個永遠睡著的糊塗人。這在中國作家中屢見不鮮，比比皆是，怕也是裝糊塗的作家的多數和最終之結果。

三是可恥而清醒的作家們。這樣的作家一面是坦蕩，一面是可恥。他們內心非常清晰文學應該是那個樣，可我偏要這麼做、這麼寫，吻合黨的需要，為意識形態鳴鑼開道，頌德鼓歌，把黑的說成白的，把鮮血唱為鮮花。一切都要以文學的名譽，讓權力成為文學的父母和爺奶。因為有體制與權力的撐腰，便就坦蕩地書寫謊言，擴散虛假，愚弄無知的人群。這樣的作家是可恥的，也是可怕的。可怕就可怕在他「明知不可為之而為之」，信誓旦旦，言之鑿鑿，把謊言的文學藉助權力和納稅人大批的金錢，印刷下發，搬上電影、電視之螢幕，由媒體為他們樹碑立傳、鳴鑼開道，由無知、無恥的著名演員和導演為這種謊言文學佐證和再創作。於是，真相消失了，假的成了真的。改寫歷史就嫁接桃李一樣，而那些被蒙蔽的讀者、觀者還在為他們鼓掌和喝采。

五、獨立性的到來與徹底性

這麼說，彷彿中國當代作家都是鐵鑄的外殼，靈動的內心。心靈是滑輪軸承，而身軀則為全金屬外殼。都是內心異常清晰的明白人，是非顛倒、紅白黃黑，看得一清二楚，只是到了嘴上，到了行動上，一切都歸於沉默和反向，一如雞知道鷹的自由，而自己甘願把自己的羽毛獻給主子做夏涼的扇子。情況不是這樣。中國當代作家今天對寫作自由的追求和個性獨立的覺醒，已經不是哪個和哪幾個，而是一代人、兩代人，一個作家群和幾個作家群。尤其在作家體制內生存和在體制中擔任作協領導的一些作家們，他們既是中國當代作家最活躍、最富創造力的人，也是最渴望想像自由、精神獨立的知識分子。這些大都出生於上世紀五、六〇年代的作家們，（如前所述）近年創作在不約而同間，對中國現實和所處歷史的關注和寫作，就是集體覺醒後的開創和追求，是作家獨立性和自由精神的建立和真正之開端。這一代作家獨立性集體的建立與確定，將會影響其後年輕作家們的寫作與追求。這不僅是因為這些作家在知名度和成就上都在覆蓋、籠罩著中國文學和文壇，還因為他們確實都是作家體制的骨架和血管，不僅都是作家協會

的領導者，也是中國文學和文學史的風行者。更年輕的八〇、九〇的作家們，因為歷史之原因，有天然的自由性，而缺少一種自覺獨立的反抗性和建設性。在作家的人格中，在自由精神和獨立性的建立中，在中國式專制和作協體制內，作家的寫作沒有自覺的體制反抗是令人擔憂的，因為他們對獨立精神的追求不是來自對現實、歷史的反省和懷疑，而是來自生活的本能和藝術要求之需要，這就令人擔憂這種獨立精神在確立中的力量持恆和徹底。徹底性，已經成為今天中國成熟作家面對獨立性的考驗和試探，是蜻蜓點水，「擦邊球」式的點到為止，還是作家人格、立場、世界觀與文學觀的調整與改變，將是中國文學今後可以拭目以待的事（請不要樂觀）。而作家，今天在作品中表現出的對體制、權利的掙扎與反抗，是會被更大的權力和恩惠所俘虜，還是會棄權拋利而獨立──期望真正到來的自由的想像、思考與寫作，其實是值得懷疑和擔憂的。說到底，今天的中國作家們，面對歷史在恨和愛、懷疑和稱頌的態度上，表現出的是因對權力、體制的懦弱而不願、不敢去反抗，去思考，去進行個人的藝術探究和表達；而面對現有的物利和誘惑，則沒有能力去決絕的輕淡糾拋棄。在一定程度上，作家因為對物利誘惑的無法抗拒，而最終不得不和權力、體制融合與配合，而成為作家體制的雞、羊和犧牲品，一如雞知道鷹飛得更高，但無力拋棄主人丟在面前的食糧樣；綿羊知道山羊獨

行登高，能看到更多的風景，但也必須要面對牧羊人的鞭子和山羊落崖而亡的風險樣。

既然知道，那就觀望。

既然知道，那就在嘗試中止步或放棄，讓徹底性成為快感的流產，落得一身無奈的臉相，而把世人的同情與理解當作最為成功的收穫！

10

一種寫作的風險

擺在中國作家面前無可逃避的「重寫作」，它的風險不僅來自政治、還來自藝術，更來自於現代化的藝術，或說來之於文學東方現代性的藝術嘗試、努力和完成。

要坦蕩的承認，在中國寫作是有風險的。談到寫作的風險，無疑問，人們首先想到的是政治風險。那麼，不用迴避這個問題，就試著首先從政治這個層面，來談論中國作家在中國寫作的平安與風險。

一、政治：中國作家最大的臨危區

有一種說法，叫「安全大於風險」。這是今天中國作家在現實寫作中的一個事實。

一種真實的存在。中國在「文革」期間，有無數的知識分子和小說家入獄、疾病和死亡，單是那時期自殺的著名作家就有老舍、鄧拓、廢名、傅雷、吳晗、聞捷、李廣田、羅廣斌等等百餘人。加之各種文化人和藝術家自殺，那將是一個讓人不寒而慄的數字和名單。但今天，這種因政治迫害而自殺的作家幾乎沒有了。然而，八九年的天安門事件，迫使許多知識分子和作家流亡海外，漂泊天涯，這是不爭的事實。這之後，劉曉波的鋃鐺入獄、廖亦武的逃亡、余杰的出走等，雖時有發生，但相比幾十年前中國作家進監、死亡的普遍性，這種景況在發生令人欣慰的變化。誠實地說，與作家而言，危險在減少，安全在增大。這種所謂「安全」的到來，一是因為中國的改革與開放；二是今天

中國作家都知安全來之不易，學會了「避險除危」。採取遠離尖銳現實而「避重就輕」的寫作態度，比如迴避權力給人的生存造成的巨大困境，而著眼人在現實中的吃喝拉撒的家常細碎。以「日常」替代「重大」，以物質的細枝末節，取代精神以「迴避」、「逃離」現實矛盾而「純文學」，加之大批諂媚、配合的作家之寫作，這就迎來了一個作家「安全大於風險」的時代。

但這個所謂的安全，在這兒給我們留下了幾個疑問：

1. 誰的寫作是安全的？
2. 他是以什麼方式安全的？
3. 「安全」的寫作是藝術的，那麼「探險」的寫作屬於藝術範疇嗎？
4. 寫作中迴避政治和超越政治的差別在哪兒？混淆在哪兒？
5. 在複雜、怪誕的中國現實面前，作家的肩頭上是開出一朵鮮花好，還是有著一條扁擔好？

凡此種種，對於一個小說家，可以完全不去想它，只沿著自己對文學的認知，去寫

出自己認為好的小說來。即所謂的「只低頭拉車，不抬頭看路」。這也足矣！足以讓讀者尊敬和欽重。但是，如果所有的作家都不去思考這些，那便是文學和所有的作家都有了痴愚症，正中權力之下懷。是今天無處不在的政治、權力最希望看到、樂以待見的對知識分子和作家的培育之碩果。而知識分子之所以還是知識分子，也正是他對社會、現實那種永存的懷疑精神；而文學、作家，之所以還有可敬——不僅僅可讀、可賞之處，也在於他對人與現實的描繪和懷疑。他對現實中的人生困境和人的精神窘境有著獨到、深刻的體悟和描摹。作家的筆，不會放棄人的生存困境和精神、情感之窘境，這是作家與其他行業相比的最大差別與不同。捨此，文學可能就沒有了在現代社會中留存之必要。而人的生存困境和精神、情感之窘境，在中國，其主要根源，不僅是物利上的，更重要的還來自於權力對人的精神擠壓和扭曲。比如暴權、專制極度壓縮著人們的言論自由。而人權和人的尊嚴，在權力面前就如餓虎的口下之肉。極度的腐敗和造成極度腐敗的制度因果，像鎖鏈樣鎖死著人們對公正、公平的美好嚮往。這一切，是涉及政治的，可也是中國人人生存的困境和精神之窘境。文學不會像政論那樣去辨析這一些。但文學一定會從「人」的層面去探求這一點。於是，你的文學就「政治」了。就不受歡迎了，就有各種各樣的風險了。風險就在政治層面裡現出各種各樣的結果了。

監獄風險：比如劉曉波。

逃離風險：比如逃亡至德國的詩人廖亦武和到了美國的余杰等。

當然，我們從文學角度講，無論他們為人如何，是可以不把這二人視為詩人或作家，而視為「持不同政見者」，但你不能不把他們當作中國的知識分子吧。他們寫得好不好，文學價值有多大，或說他們的政治主張你贊同不贊同，關心不關心，這些不重要。重要的是，「因言獲罪」的文字獄到底存在不存在；作家寫作的政治風險到底存在不存在。不存在為什麼「六四」學生運動會有那麼多的作家、詩人、知識分子去流亡？會有幾年前劉曉波、余杰等的監禁和走離？它事實存在了，就說明著寫作的政治風險是存在的，作家的寫作存有一個政治臨危區。這個臨危區布滿雷陣，不慎踏入，就有生存與自由的危險，而躲開這個臨危區，就「平安大於風險」了。

文學是否一定要作家人人都踏入這個雷區是一回事，承認不承認這個雷區存在是另外一件事。在中國的現實中寫作，作家沒有能力、智慧和藝術勇氣接近這個政治險區時，作家不能不承認這個險區的存在和對作家寫作構成的心理影響吧。

不能做一個去實踐的人，就努力做一個承認實踐的人；不敢站在真相的一邊上，至少不要站在謊言的講台上；不敢講，不願寫，那至少應該在心裡想一想。對於許多真相

的存在，作家可以沉默，但一定不能否認。作品完全可以疏離、超越這一些，但作為作家的「人」，不應該超然逃離這一些。這不僅是一個作家的良知問題，而且是作為人的作家的真誠和倫理。當作家失去了真誠的倫理，那麼他的文學可能就是一堆文字的謊言了。

二、封禁：從創造走向平庸的危險

封禁，是一種政治惡跡，也是一種文學的手段。

談論封禁，可以首先把中國作家寫作大體分為三種狀態：輕寫作、重寫作和遊走在中間地段的寫作，也可說為「中寫作」。輕寫作，是指那種完全不涉及中國複雜的現實，而在文字的安全區域遊刃有餘的寫作存在。如大批作家筆下的風花雪月、青春成長、網路穿越、市場賣相，如此型類，不承擔人的精神苦痛和社會現實苦痛的寫作，大體都可以稱為輕寫作。這種寫作在中國不僅讀者眾多，作家隊伍龐大，而且呈現著活力狀態：即讀者的年輕化和作家的年輕化。然而，這種年輕、青春，並不意味著就是文學的未來，而是因為對人的存在和現實困境之沉重的逃避，形成了一個時代的人群：作家

群和讀者群。加之政府、權力對「不予思考和探求」者的文學鼓勵，就使得這種輕寫作生逢其時，呈澎湃之狀，如同喧囂中泡沫的堆積和繁華，待水落石出之後，某一天社會動盪和變改的到來，人，在這種動盪和變改中，發生了精神的根本變化，這種輕寫作的昌盛繁榮，便會轟然崩塌，沒有意義，只留下文學的痕跡在無人問津的文學史中存字與留墨。而今天，也許還有較長的未來，輕寫作都會日日登場，潮起潮落，你未唱罷我開腔，花落花謝各有香。

　與輕寫作相對應的是作家少、讀者少的重寫作。所謂重寫作，是指那些有操持、堅守、理願和承擔的寫作。他們關心中國歷史，關注人在現實中扭曲的存在。懷疑主義、批判主義、個人主義和獨立的人格自由，是這種重寫作的主要特徵。因為其寫作，站在了現實的內部，那種來之文學的真實，被社會、權力所不容，因此也就在寫作中成為個案、少數和被孤立。然而，因為這種寫作的存在，也才使文學有了另外的深刻和豐富。

　中寫作。即遊走在輕、重間的寫作。這是一種在中國作家隊伍中既有傳統，又為正典，讀者、批評家、文學史和體制、權力都為之包容、許可的寫作。因此，也是有抱負的中國作家有意無意的選擇。這種寫作，從題材上有時靠近重寫作的選材，在方法上則最大的個人化與藝術化；有時從選材之開始，就偏攏於輕寫作的某種故事，比如靈魂上

不疼不癢、情感上卻催人淚下的愛情故事；比如心靈中如一碗清水，而道德上卻七扭八曲的家族、血脈之倫理，還比如故事中的國族大義，愛國情懷，忠君不二，家仇國恨等貌似重寫作的某種思考，實則為輕寫作的巧思表達等。都是寫作在輕、重間的選擇和自覺，乃至投機與取巧，從而以輕寫之手，獲重寫之果，達到讀者、論家、權力、史說等諸方都滿意好評的結果，成為中國文學最大之贏家。

然而，在這輕重之間遊走與選擇的中國作家，有兩種寫作卻是非常值得尊重的，一是懷著忐忑的內心，在糾結矛盾中總是試圖嘗試著關注中國的歷史、現實和歷史與現實中人的困境之寫作；二是傾其才華，都渴望在小說藝術之本身探求超越的寫作。他們從表面看，似乎也是在輕重間遊走與選擇，但都從文學之本身，表達著作家與筆墨在中國現實中對人的關愛與尊重，表達著對世界深層的懷疑與批判，同時也部分的承受著現實、權力其本身對其作品的沉默和容忍式的懷疑。這樣一種寫作，如果不能直接稱其為一種重寫作，但卻也承接著某種重寫作的承擔和藝術，也正是中國文學在世界上今天愈來愈被人關注的起點和開始，是中國文學在藝術上獲得作家最大個人才華實踐的標本和經驗，甚至在一些作家和作品中，將是中國文學的未來和時間長河中文學的航標。

回到封禁這一話題上。封禁是一種不見殺手的文學滅絕。它滅絕的不僅是文學，而

且還是作家的才華和堅持；而因封禁絕除的，則是作家的人格和創造。而文學上封禁的對象，是哪些操守重寫作的作家和在輕重之間，自覺選擇接近重寫作的一些作家們，而非那種輕寫作和在輕重之間接近或有意無意滑向輕的一邊的中寫作。

封禁在中國作家中有兩種方法，一是對其某部作品進行封禁和批判，但不限制人的生活、活動和基本日常之言論；二是由作而人，不僅限制你作品的寫作、發表和出版，而且也對其作家本人的言論進行限制和監督。前者的方法，多用於不歸順的文學家；後者多用以持不同政見──非藝術觀念的作家們。而對藝術觀念不同的作家採取封禁方法，也是視情而定，循序漸進的。比如對一個一貫善良溫和、藝術上又可圈可點的好作家，偶爾不慎寫出了一部「壞」作品，那也就是禁書而已，一般不會九族株連，血統四方，如對賈平凹的《廢都》、莫言的《豐乳肥臀》、王躍文的《國畫》、李佩浦的《羊的門》等，採取的就是禁書不禁人，以達到殺雞儆猴之效果，警示作家本人，也警示別的作家。待時過境遷之後，以為這個作家在後來的寫作上表現「良好」或「尚可」，行動與言論上，都在改變和「配合」，那就予以解禁，重新出版，使你成為「可信賴的人」。反之，禁而不改，依然故我，那就發展至為不僅禁書，而且「禁人」──凡是你寫的作品，舊作或新作，「好」與「壞」，有無問題，都因作者是你，而在發表

或出版過程中，審慎地「關愛」，隻字不漏地通過出版部門和其上級機構的審查、再審查。出版之後，媒體對你和作品的介紹與推介，也都要受到有關部門的「引導」和「指導」，可以宣傳或不予宣傳，可以給獎或不予評獎，從而達到沒有凶手的殺戮，沒有槍械的斃亡，使一部作品的生與死，都在可以掌控的股掌間。

總而言之，封禁的步驟是，始於作品，警示作家，觀其效果，視情深入。好則對作家寬容包容，如被禁被封作家屢教不改，依然堅持自己的藝術觀和世界觀，那就由作而人，使你失去出版的可能和言論的可能，成　在中國現實中的一位「被孤立」的人。同行、社會、媒體，視你為「異類」、「邪端」、「禍根」，敬而遠之，親而疏之，最終達到使你改變或沉默的目的。而在這個過程中，作家和封禁、封殺鬥爭的不僅是勇氣，更重要的是歲月和才華。權力以為權力是永恆的，而作家的寫作生命則必然是有限的。所以，作家的堅持和更大的創造之才華，成為了戰勝封禁、封殺的唯一武器。仍然以賈平凹先生為例，他不僅是中國的著名作家，而且是最有才華的作家之一。一九九三年《廢都》被禁之後，他的寫作還在繼續，長篇小說《白夜》、《土門》、《懷念狼》、《高老莊》、《病相報告》等，作品不斷，但其小說的氣韻和創造性，卻是無法與《廢都》同言而論，直到二〇〇五年的《秦腔》和之後的《古爐》的出現，作家寫作的元氣

才和《廢都》接續上來，再次顯出一個作家在堅持中的創造和才華，而從一九九三年到二○○五年，在這十幾年，無論是年齡、閱歷和創造的激情，都是他創作的最好時期，可卻在這最好的時期裡，作家並沒有寫出他人生中的最佳作品，這根源自然與《廢都》的封禁有關。而好在，到了《秦腔》和《古爐》，他堅持的才華，重又豐沛的回到了他的創作中，使得他仍然是中國最具創造性的作家之一。河南作家李佩甫的《羊的門》，就對中國封建權力、專制的描繪、批判言，可謂是一部現實主義的佳作佳製，然在被禁之後，作家一蹶不振，後來在寫作中失去的不僅是一種批判的精神，更是一種創造的才華。

而封禁的目的，也正是讓作家失去堅持和創造，變得平庸和順依。

因為平庸而順依，因為順依而平庸。當平庸和順依結合在一起，它們就相輔相成，成為封禁的戰利品，權力的附庸物。成了沒有劊子手的文化祭品；成了作家危險中的危險了。

三、藝術生命：重寫作最高的警惕

當我們把作品分為重寫作和輕寫作時，其實正是要把山羊和綿羊分開的一種類分和做法。

文學與政治的不同是，政治首先需要的是你鮮明的立場，甚至是愈鮮明，愈領袖；愈領袖，愈成功。而文學，恰恰是某種「曖昧」、「模糊」才更具文學之價值。一如直到今天，都無法判明格葛雷戈為什麼能變成甲蟲樣。在很多情況下，「曖昧」是文學的魅力和生命。作家的文學態度愈模糊，愈猶豫和矛盾，文學才愈發豐富和複雜。所以，重寫作中最忌諱的是簡單和清晰，最常犯的錯誤也是簡單和清晰。

《一九八四》成於簡單與清晰，也敗於簡單與清晰，它是今天所有傾情於重寫作的作家經驗的庫藏，同時也是教訓之鏡子。

基於重寫作的「重」，往往太過立足於社會所處時代的尖銳和複雜，使作家在故事中羈留於社會現實的泥潭，不能自拔，不能辨析，不能從歷史的長河中透視所處時代的人的困境，而疏於對現實中人的理解與愛，從而在這種寫作中，便就再一、再二地重複

著如下藝術的誤區和錯誤：

一是時代大過人的存在。寫作中深知人是文學之根本，但由於作家被時代尖銳的矛盾所左右，一部小說往往趨向成為社會問題的文學展覽廳；二是用現實的複雜性，替代人性的複雜與深刻。而中國，也還正處於這樣一個時期：社會矛盾尖銳複雜，現實生活荒誕不經。這種複雜與荒誕，讓作家們的文學思緒，剪不斷、理更亂。生活中的故事，遠大於、雜於、奇於作家對生活的想像和認知。甚至可以說，不是作家沒有能力把握時代的複雜性，而是時代的複雜拒絕作家去想像。這樣，當一個不迴避現實矛盾的作家甘願為重寫作付出一切時，時代和時代的矛盾便成了作家的第一認知，成了作家虛構和想像難以超越的現實。於是，在這些作家（當然包括我）的筆下，時代在故事中遮蔽了人物。情節的複雜蓋過了人性的複雜。其作品也許會在作家所處的時代，一時熱鬧，反響滾滾，似乎是大作和傑作，然在時過境遷之後，社會矛盾得到了解決，或者沒有解決，而成為了歷史河道的淤泥沉物，那麼，那些不關心這個時代的讀者，還會關心這樣的文學嗎？

這才是重寫作作家寫作中最大的風險。對於作家言，這是比政治蹲監和禁封流放更大的藝術風險；；是比權力、政治來得更為可怕的自殺。在文學的長河中，以寫作迎

對他殺——如索忍尼辛的寫作，會讓我們永遠地對作家敬仰和尊崇，但作家藝術上的自殺，那則只能讓人無言和忘記。十九世紀的俄羅斯，托爾斯泰和屠格涅夫，這兩位偉大的作家，在他們所處的時代，是兩柱同樣高大的巨臂方尖碑，他們的作品是掛在全世界讀者嘴上的兩串響亮的明珠，連杜斯妥也夫斯基在他們面前都自我感到渺小和無奈。而隨著時間的推移，到了今天，托爾斯泰這串明珠還依然在讀者的嘴上和心裡發光和碰響，而屬於屠格涅夫的那一串，卻在不知不覺間，暗然了，聲微了。與此同時，杜斯妥也夫斯基和他的作品，卻在取代著屠格涅夫的響亮和光輝，甚至在很多讀者和論家那兒，他偉大的光輝，是要超過托爾斯泰的。

為什麼會這樣？因為屠格涅夫在作品中更為關心的那個時代，已經離我們漸行漸遠。而托爾斯泰在他所處時代中更為傾注情感的那些人物、人性、人的命運和愛的心靈，卻始終與我們同行，被我們關注和牽掛。回到杜斯妥也夫斯基的作品中，他因為當年寫作時，沒有像屠格涅夫和托爾斯泰那樣關注他所處的大時代，所以他在當年沒有二位泰斗那麼熱鬧、喧囂和繁華，但因為他對作品中的人、人性、靈魂的愛和熾熱到無法你我的情感與關切，所以他的作品，在後來的百年間，日漸居上和輝煌，讓讀者和評論家喜愛和討論。

總是以這個三個俄羅斯的作家為例子，來說明某種重寫作的時代與藝術的對立性和風險性。回到中國作家那兒去，當年紅到發紫的茅盾和他的《子夜》，巴金和他的《家》，其命運也如屠格涅夫的《父與子》。曾經在歷史的昨天，是那樣的光明和輝煌，而到了現實的今天，這兩位中國人曾經家喻戶曉的作家和作品，卻也似乎日暮西山，令人憂愁那些作品的黃昏到來。而與之對應的，是沈從文和張愛玲，他們的早晨從黃昏開始，日升從夕照開始，愈發顯出被讀者無盡的喜愛和綿延旺茂的藝術生命來。

這種現象，就給我們提出了如下矛盾糾結的問題：

1. 一個作家的寫作應該關注他所處的時代嗎？如果關注應該怎樣去關注？

2. 是重寫作更有生命力，還是輕寫作更有生命力？

3. 在藝術風險面前，一個作家是要主動迎接重寫作，還是要清醒自覺地滑向輕寫作？

還有很多問題可以提出來，但在上述的作家作品中，屠格涅夫寫作的光輝日漸所暗，而杜斯妥也夫斯基則似乎光耀明日，這不是重寫作和輕寫作的問題。這是兩種重寫

作的問題。是彼此在重寫作中如何面對時代和人物及人的靈魂的問題。然而，把魯迅和沈從文、張愛玲放在一起時，卻多少有著輕與重的問題了。或者說，重的當然是重，而輕者則是在輕重之間滑向著重。比如沈從文最為名揚天下的《邊城》，張愛玲的《紅玫瑰與白玫瑰》，還有今天被中國作家和論者備加推之的沈從文的關門弟子汪曾祺的寫作，比起魯迅的寫作，還是有著較多的「輕」。而這些「輕」，不同樣日復一日地在作品生命的河流中遠行和揚帆嗎？但這並不等於輕寫作的藝術生命就必然久長於重寫作，而重寫作就必然是一時繁鬧，而終將沉寂。我們不能因為直到今天還有更多的讀者熱愛瑪格麗特·密契爾的《飄》，而冷於福克納的《喧譁與騷動》，就說密契爾的輕寫作就比福克納純藝術探求的重寫作更有價值和生命力。重寫作藝術生命的風險，不源於重寫作，而源於怎樣輕寫作。魯迅是重寫作，蕭紅是重寫作，沈從文和張愛玲今天的備受喜愛，也恰恰是因為他們在「輕」中對人、人性、情感、命運和小說藝術之本身的那些「重」。雨果的偉大，正在於他對所處大時代的關切和對大時代中卑微的人的大愛。將《悲慘世界》、《鐘樓怪人》和《九三年》這三部巨著放在一起回味和品讀，是可以品讀出在《悲慘世界》中，偉大的雨果是怎樣穿越那個大時代而去對人和人的命運傾情關愛的，而在《九三年》中，他對所處時代的理解和展示，在今天看來，是多於了對人的

理解與愛的。

所以，把《悲慘世界》和《九三年》放在一起，只允許你挑選一本放在床頭時，人們大都會把《悲慘世界》放在床頭的。

屠格涅夫是偉大的，托爾斯泰是偉大的，雨果是偉大的，巴爾札克，狄更斯，湯瑪斯·曼和更遠的奧斯丁及夏綠蒂·勃朗特、艾蜜莉·勃朗特，還有美國作家托斯夫人、馬克·吐溫、傑克·倫敦、德萊賽等等，他們都是偉大的。因為他們誰都沒有迴避他們所處時代和時代矛盾的尖銳性，他們又都給我們要面對時代的風雨時，留下了可資借鑒的經驗和教訓。他們的作品，給中國作家面對蓬勃、動盪、豐富、荒謬而風雨飄搖的中國現實寫作時，提供了前行的路標和燈塔。在那路標和燈塔的牌座上，刻寫著翻車、沉船的教訓，和前行者要注意的事項與箭標。

四、現代性的風險

在談論重寫作時，我們更多地在談論作家所處的時代和作家及他寫作的三者間的關係。而我們談論的那些作家和作品，也多是十八、十九世紀的作家和作品。這是否就

是說二十世紀的作家和作品在寫作中，我們說的傳統意義的重寫作發生了變化和轉移？

是這樣。是發生了巨大的變化和轉移。在重寫作中無法繞筆的作家所處的時代、社會、現實等，在二十世紀偉大的作家面前發生轉移了，那個直切的面對，在作家們的筆下發生變化了。從卡夫卡到貝克特，從普魯斯特到卡繆，從喬伊絲到吳爾芙，從上世紀中期的美國文學，到之後的拉美文學，我們至少可以大致把這種轉移和變化分為以下幾種狀況。

一是絕然和捨棄。有人認為卡夫卡的寫作是把他所處時代有意的寓意，但也可以認為，是有意的捨棄和省略。這在《變形記》和《城堡》中，是那樣的鮮明，就是在《審判》中，無不透出社會的必然，那怕是寫作本身不能絕然剝離現實生活在故事中的浸淫和透露，也還不能說作家是怎樣的迎接了時代的尖銳。之後，無論是貝克特還是卡繆，都在他們的寫作中處理人和現實社會的關係時，採用著卡夫卡的「縮減」、「省略」和「變異」。這也就是之後作家們在不得不面對社會、世界的荒誕和複雜時，所使用的與十八、十九世紀完全不同的「時代的異變」法。

「變異」，是二十世紀的作家在處理作家、人物和時代三者關係時最為鮮明的特色。它把作家的筆，從過往小說中無法擺脫的時代與社會現實的筆墨官司中解放出來

了。在十九世紀的偉大作品中，每一個作家都是人物和社會官司的法官和律師，這雙重的身分，讓作家疲憊不堪，扭曲痛苦。作家大量的筆墨，不得不落在時代和人物的關係上。要理清這種關係，作家就要在這種關係中發出法官辨析的判斷和律師為人物的辯解的雙重聲音。站在社會面前，作家是個法官；站在人物面前，作家又是律師。這就是一個偉大作家的豐富性和複雜性，也是那種偉大作品和作家讓我們真正的敬仰之處。但到了二十世紀的文學，現代性簡化了作家的身分。「讓文學回歸文學」，其實是讓作家在作品中回歸作家，這也就是二十世紀更為注重「怎麼寫」的根本原因。「時代」在小說中的份額被縮減了，表現「時代、社會」的方法「變異」了，不再是那種藐視公平、公正、全面的展示和分析，像法官要讓起訴方和被告方都必須事無巨細地展示所有證據樣。文學不在以恢復故事（案例）的全部過程為己任，法官和律師的角色，在作家身上盡可能地歸位為「作家」之本身。所以，那些必須在故事中存在的社會、時代和人人（讀者）都可以身同感受的生活，便在「現代性」中簡略了，變異了，成為了新的、現代的寫作和表現。

　　「變異」，改變的不僅是小說中的時代和現實，也在改變著小說中的人物。是因為人物的變異而變異了小說中的時代，還是因為小說時代的變異，從而變異了文學中的人

物，這是每個作家的不同，也是全部作品的不同。但無論如何，「變異」成了二十世紀文學的主旋律，而小說中此前必不可少的時代、社會的廣闊和複雜，在現代小說中還是被「省略」（不是忽略）和「寓言」了。

大體是這樣的情況，二十世紀的長篇小說多都比十九、十八世紀寫得短。這是不爭的事實。此前，大家都說這是作家面對快節奏的工業和科技生活到來的有意而為之。這麼說，它就是作家向生活節奏的一種投機了。其實，這種判斷幾乎就是一個錯誤。作家其實是不為讀者去想的。他只想文學本身和他的內心。是因為他對文學本身的才華、探求、貢獻和來自他內心對人、人物的感受的深廣、厚愛的博雜和讀者相遇之後，他才成為了一個好作家。而那些一開始就想著讀者的作家們，他想的不是讀者的心，他想的是讀者的快感和市場。而當好作家只想著文學本身和他的內心時，因為最早在寫作中的角色——時代與人物糾葛的法官、律師的雙重身分不在了，讓作家更為「作家」了，小說故事中的「時代性」，人物身上的「時代性」、一切現實、社會都在敘述中簡略了，變異了。所以，故事也就變短了。作家不再承擔法官和律師的雙重身分了，自然也就沒有那麼多的話要在敘述中囉嗦了。

基於上述兩種情況，現代寫作中對時代和社會現實的省略和變異——回到中國文學

中來，中國作家要面對的情況是，中國人在中國現實中，無法如西方一樣可以使「人」與「社會」脫離開來而獨立生存和生活。中國人幾乎人人都不是獨立的「這一個」，而是被國家、社會、制度和非制度的「大社會」中混雜的不可分割的粒狀結晶體。這個結晶體，就是今天中國的時代和社會，無論它多麼風雨飄搖、矛盾重重，似乎明天、後天就要分崩離析樣，可卻因為它的政治專制，經濟開放，有制度的非制度，有法律的非法律，有公平的非公平，一個黨的非黨性，從而使這個社會的時代變得荒謬到不可思議，而又被捆綁「結晶」到似乎不可分離的整體性，這也就使得作家不能一味或整體把時代和文學分開來。時代不允許作家「避重就輕」。所有的寫作都放棄某種「重寫作」是有問題的。在中國社會還遠沒有從封建專制和社會主義專制中解放出來前，作家如何把世界文學的現代性與中國時代的現實性完美的結合和創造，就成了中國作家在寫作中必須用實踐回答的問題了。

對於今天中國所處的時代，遺襲十九世紀那樣「重寫作」的經驗是陳舊的、危險的，而橫抄西方歐美在二十世紀寫作中「變異」的經驗也是陳舊的、風險的。因為中國今天的時代，既非西方民主的現代社會，也非早期社會主義時期的新封建社會。時代的扭曲與變異，足以讓作家獲得一種新的「重寫作」的可能。而這種「重寫作」的文學

性、現代性與世界性，才是中國作家寫作中需要真正面對的考驗與努力。所以，擺在中國作家面前無可逃避的「重寫作」，它的風險不僅來自政治、還來自藝術，更來自於現代化的藝術，或說來之於文學東方現代性的藝術嘗試、努力和完成。

11

我的理想僅僅是想寫出一篇我以為好的小說來

當這些妄念都如病菌一樣從你的體內排毒剔除後，你的理想就只還剩下文學了。決定要把自己最大的熱情交給文學，而不是交給讓你敬畏和恐懼的權力了。

「文學與理想」，俗常而美好的題目。

下面，讓我把這個題目破解開來，以批評家慣常的方法，分出幾個關鍵字進行拆解和說明。

首先，我的理想──

說我的理想，請讓我說幾件少年之往事。

第一件，在我小時候，小得如一隻兔子剛會出窩曬太陽，一隻小羊剛能走出羊圈尋找牠愛吃的一把草──那時候，我也許是七歲或八歲，飢餓像生死鏈條般，每天都栓在我的脖子上，想要把我吊死在空中，將我的喉管勒成一根無法透氣的枯枝或敗草，想要把我的生命如擲鐵餅的運動員，一下將它甩到狂野的墳墓邊。就是這時候，我的父親在二十里外修公路的工地上，傳話說讓我去一趟，到他那兒有肉吃。我就在某一天去找我的父親了。我邊走邊問，一路謹慎，擔心我找不到父親，但卻找到了丟失的門扉。然而，吃肉的一樁巨大的誘惑，為此，我還是一早出門，午時到工地見到了父親。之後，父親興奮地拍拍我的頭，拉著我的手，把我交給了工地上的炊事員。炊事員就把我領進

邊上的一間小屋子，給我端來大半碗煮熟的肥豬肉──那一天，工地上殺了一頭豬。同時還給了我兩個白饅頭，然後，他把糊了窗紙的窗戶關上了，把屋門從外邊鎖上了，不讓任何人看見我藏在屋裡正在偷吃肉。

我就在那一片漆黑的小屋裡，狼吞虎嚥，以最快的速度，吃完了那大半碗肉，還又喝完了半碗完全等於是油的煮肉水。從此，我知道了豬肉是白的比紅的香，肥肉似乎比瘦肉更可口。可是，在我從那間小屋出來、挺著肚子要走時，我的父親在送我的路上問：「你全都吃完了？沒有給你姊姊留一點？」──那時候，我姊姊常年生病，每天都躺在病床上。那時候，我看著父親的目光，來自我內心對吃的、貪婪的懊悔，如同我在路上順手撿了一樣東西，結果卻成了賊一樣。那個週末的下午，我手裡拿著父親沒捨得吃的一塊熟肉，用紙包著回家時，一路上再也沒有吃肉時的香美感；沒有那種幸福感。

我一言不發，默默走著，多年之後，今天回憶起來，還有一種無法消退的委屈和愧疚。

第二件事，是我們村裡有個脫髮的病人，男，小夥子，俗稱是禿子。因此他一年四季頭上都戴著一頂帽。冬天戴棉帽，夏天戴一頂單布帽。天太熱時，也會戴草帽。因為頭皮有病難看，就沒人會去把他的帽子摘下來。誰突然去摘他的帽子時，因為他的頭上是禿子，因為頭皮有病難看，就沒人會去把他的帽子摘下來。誰敢拿起一塊磚頭朝對方的頭上砸。因為他的頭上

戴的不僅是帽子，還是一種他做人的尊嚴和神聖。

然而，這一天，村人都端著飯碗在門口吃飯時——鄉黨委書記——那時不叫鄉，叫革命委員會——那天相當於鄉黨委書記的革委會主任，突然把禿子的帽子摘下來，一下拋在空中，讓那帽子打著旋兒朝下落。這一下，他動著小夥子的神聖了，冒犯小夥子的尊嚴了。小夥子大喝一聲，舉起飯碗就要朝革委會主任的頭上砸過去。這時刻，這才叫千鈞一髮，才叫危機時刻。就在小夥子要把飯碗砸將過去時，就在村人們以為局面不可收拾時，可小夥子一下子認出扔他帽子的不是別人，正是相當於鄉長、書記的革委會主任了。

氣氛極度安靜了幾秒鐘。那時真是一針落地，猶如一聲巨響。可就這時候，幾秒鐘，小夥子把舉在頭頂的飯碗，又緩緩收將回來了。他用柔和、歉疚的目光看看革委會主任，轉身從革委會主任身邊默默走過去，默默地撿起帽子，戴在頭上，默默地離開大家，端著飯碗，悄無聲息的回家了。

他走去的身影，柔弱無力，宛若深秋在空中無奈落下的一片葉。這片秋葉在我的頭腦中，從我的少年飄到我的中年，還沒有找到落腳地，一直地飄著、飄著，總是飄在我的記憶裡。

沉默與喘息　216

第三件事情是，剛才我說的我們那兒修公路，要在我們村頭的河上建造一座橋。

橋是我們那兒自盤古開天後修的第一座鋼筋混凝土的水泥橋。來修橋的是省會鄭州的第一橋梁建築公司。而這公司中有一對夫婦是鋼筋工，廣東人，借住在我們家。這家人專愛吃狗肉，非常讓人煩。可他們家有一個小姑娘，比我小一歲，叫見娜，長得漂亮，穿得也漂亮，走路蹦蹦跳跳的腳步，如彈奏鋼琴的手指一模一樣；腳步聲和音樂一模一樣。她總是叫我「連科哥」，上學放學都拉著我的手。我總愛替她背著書包讓她空著手。我以為，生活本就這麼陽光燦爛，春暖花開，連從天空落下的雨滴和冰粒，都如一對少年踮著腳尖奔跑在田野的腳步樣。然而，然而在一個假期前，我去深山區我的姑姑家裡住幾天，當我回來時，村頭的公路修通了，那座橋異常傲然地豎在村頭河面上。可那些修橋的人，總是拉著我的手叫我哥的那個小姑娘，他們全家突然不在了，隨著建築公司不知搬到哪兒去了。

那個叫見娜的小姑娘，給我留下了她用過的鉛皮鉛筆盒，做為紀念她就消失了。永遠消失了。除了在我的回憶中她會出來和我見一面，之後就連我把她寫入小說做為文學的尋人啟事也沒真正見到她。

感傷如同歲月的雨季；歲月如同雨季中的傷感。我就這麼從少年走入了青年，在

二十周歲時離開了我的故鄉，當兵了。當兵之後我在新兵連的第一頓晚餐是吃包子。那一頓，我吃了十八個如拳頭大的肉包子（還有一位我的同鄉戰友吃了二十二個）。第二天連隊吃餃子，我和全連的士兵，每人都平均吃了一斤多餃子。我親耳聽見新兵連長在電話上，向營長彙報我們這批來自窮鄉僻壤的新兵情況時，他罵我們全是豬。他對營長憤怒地說：「這些窮小子比豬都能吃！」他罵我們，可我們——是我，一點都不生氣。

一點都沒像我們村有頭病的小夥子對革委會主任那樣黑下臉。因為來到這座豫東的軍營裡，我第一次坐上了火車；第一次在電視中看到打排球，知道中國女排在世界上贏得了三連冠。更重要的，是我第一次讀到了外國小說，是美國作家瑪格麗特·密契爾的著名小說《飄》。直到那時，我才知道中國是有翻譯小說的。此前我在鄉村看的全部是中國「紅色經典」。我以為全世界的小說和中國的小說一模一樣，故事中百分之七十、八十的革命加上百分之三十或二十的愛情，就是百分百的最好小說了。

是《飄》讓我明白，有太多更好看、更偉大的小說和中國的革命故事不一樣。他們之所以偉大，就是因為有太多太多的不一樣。之後我以《飄》為橋梁，跨過閱讀的河水，去讀巴爾札克，托爾斯泰，雨果，司湯達，福樓拜，契訶夫，歐亨利，傑克·倫敦等。我讀所有十九世紀能找到的名著和十八世紀那些大家的作品。當這些作

品讀多時，當我也開始業餘寫作、並因此去回首往事，翻撿我過去的記憶時，我剛才說的那三件少年往事的意義，就因為文學、因為閱讀發生變化了。

原來，我以為我跑二十里路去吃一碗肥肉是因為飢餓才去的，後來，閱讀和文學，讓我明白那不僅僅是因為飢餓。還是因為理想。因為渴望今後吃飽吃好的人生理想我才跑去的。

原來，我以為村裡有頭病的小夥子，沒有向革委會主任動粗打架，是因為害怕妥協的；後來，閱讀和文學讓我明白，那不僅僅是害怕，還有幾乎所有的人們對權力的敬重和恐懼。

原來，我以為我和那叫見娜的小姑娘的分手，是天真無邪、情竇初開的惆悵，後來，閱讀和文學讓我明白，不僅是這樣，更重要的是我對某種來自都市的文明的嚮往和追求。

大約，這也就是我少年時的嚮往和理想：嚮往吃飽吃好，嚮往受人尊重，嚮往現代的都市文明。這三種嚮往集合在一起，就是一種理想：希望離開土地，到城裡去，自我奮鬥，尋找自己人生需要的一切。這就是我首先要談的，關於理想。

其次，僅僅是——

人生總是有很多物質的、精神的，美好的、醜陋的，可以告人和不可以告人、可能實現和完全不著邊際、永無實現之可能的嚮往、理想和遠景之美夢（中國夢）。但具體到每個人人身上，最具體、最實在、最普遍和最具代表性的理想就是名利和長壽。長壽，我們不去談它，因為那是到了一定年齡和條件才會考慮的事。而名利，則是人一懂事、一踏入少年和青年（有可能是幼年）就開始夢寐以求的事。可以說，對於我們幾乎所有的芸芸俗人來講，理想的出口或歸結，就是前半生想名利，後半生想長壽。而名利更具體、更廣泛的歸結，在中國不單單是名聲、名譽、鮮花、掌聲和隨之而來的源源不斷的金錢。更能體現名利並帶來金錢的是地位和權力。

權力標誌著地位，也更容易和可能帶來和創造金錢與地位。更直白地說，對許多人來講，名利就是當官。當了官就有了權力。有了權力就可能擁有名利所需的一切。這是中國千百年來的人生鐵律，是最為世俗、最被認同，也最被實踐證明的「真理」。是一種被生命實踐的世俗法則。而我自己，在當年年輕之時，也在這個生命怪圈內，快走

和奔跑，也被這個最為世俗的鎖鏈牢牢地捆綁住我的精神和追求。是愛文學還是愛權力？這是我年輕時最大的搖擺和猶豫。因為你是熱愛文學，不斷寫作才被提拔的，才被提幹、當官，由排長到連長，再到營級軍官的道路的。所以，你感激文學，熱愛文學；而提權力任命為一個「文官」──軍隊的政工幹部的。所以，你感激文學，熱愛文學；而提幹、當官，由排長到連長，再到營級軍官的道路的。畢竟，在提幹後短短的幾久的未來，三年二年之後，升為團級幹部，也不是難事渺茫。畢竟，在提幹後短短的幾年間，你已成為軍隊機關最好、最有效率的「筆桿子」，權力對你的欣賞，就像陽光和春風對一棵小樹的偏愛──那時，我在某個連隊做指導員，半年後，被評為「師級優秀基層幹部」，後來調到一家部隊醫院做黨委祕書兼新聞幹事，又成為醫院黨委的「神筆」，再後來，調入我所在軍的機關宣傳處，寫經驗材料和講話稿，雖然不是寫得最好的，但卻是寫得最快的，最可以應急趕稿的。那時候，我白天上班寫材料，晚上加班寫小說；白天是軍官，夜間是作家。整個人對未來的信心，如同打了雞血、吃了激素，吞下了人生奮鬥的興奮劑。

也就這時候，有件不大不小的事情發生了。

我們的軍長，去北京國防大學學習一年回到軍部後，第一天，他幹的第一樁事，就是在夕陽陪伴下，在軍營裡轉來轉去，最後轉到了軍機關的家屬區。因為軍人、軍官也

是人。是人就要過日子。家屬區就幾乎家家都養雞養鴨子。有人家還會養幾隻大白鵝。

幾乎家家門口都有雞窩或鴨窩。我家是養了四隻鴨，平均每天都收二到三個大鴨蛋。這一天的黃昏，軍長到家屬區裡看了看，眉頭皺了皺，扭頭和他身後參謀耳語幾句就走了。

一切安好，平靜如初。軍長幾乎什麼也沒說，什麼也沒做，就是和一個司令部的參謀耳語了幾句話，就如風和樹葉很自然地竊竊私語了一下就又颳走了。

然在第二天，軍營裡起床號一響，家屬區的各級軍官們──處長、副處長、參謀、幹事、助理員，大家起床出操時，發現各家的雞、鴨、鵝，全被毒藥毒死了。有的死在窩裡邊，有的死在窩外邊。我家的四隻鴨，全都死在窩外邊，其中一隻看見我，是用牠的翅膀扒著地面，撲楞到我的面前最後死掉的，彷彿牠死前「嘎嘎嘎！」的叫聲，是在喚著「主人啊──你救救我！」

那年夏天的那個早晨，所有機關的軍官從家裡走出來，看著自家被毒死的家禽和狗貓等寵物，幾乎誰都沒說話。因為誰都知道，這是軍長親自指揮的一場戰爭之傑作。

那天早晨，司、政、後三大機關在出操時，沒有人多說一句話。都在沉默中等待和積聚。都在醞釀著一場到來的爆發。

那天早晨，三大機關在出操時，不僅沒人說一句話，而且軍裝的整齊，動作的劃一，齊步走，正步走，跑步走，如同天安門廣場的方陣一模一樣。軍長是那麼嚴肅地站在操場邊。大家是那麼沉重和沉默，而且是罕見的有力和目不斜視與心無旁騖。

我一直以為那天早晨有事情要發生，有極度的沉默要爆發。我在出操的過程中，始終在雙手中都捏著一把汗。可在出操後，司、政、後的軍官都又集合到一起由軍長訓話時，軍長絲毫沒提起毒死各家雞鴨生命的事。軍長極度嚴肅地表揚了大家出操的整齊與有力。在軍長訓話的表揚後，隊列裡不知是誰帶頭鼓了掌。之後的意外發生了──這天早上軍官們對軍長訓話的表揚予以匯報的掌聲，比任何時候都整齊和有力，如同雷聲是按照軍長的命令，有節奏的爆發出來的。從空中散落下來的。

之後，這件事情過去了，和未曾發生過一模一樣。大家見了軍長依舊是老遠的立正、敬禮、微笑和向軍長討好地說些什麼話。

之後，這件事情在我心裡永遠無法忘卻，無法走過去，彷彿你想起這件事，就看到自己家那餵了二年的四隻鴨子，在你面前掙扎著翅膀呼喚著：「救救我，救救我！」

之後，你看到自己的那些二戰友、同事、處長、副處長，見到軍長和別的首長們，都會老遠微笑、立正、敬禮，人人都想和首長們──權力的掌管者──多說幾句話。首

長和誰多說了幾句話，給誰天心情大好，心花怒放，如同心想事成，美夢成真樣。從文學的角度去看這些事，我有些可憐他們。可我自己也那樣，因此我也可憐我自己。當然，一個人做什麼，不做什麼；放棄什麼，執妄什麼，大多不會是直接因為一件事情所導致，往往是因　許多事情的積累和爆發。某一件事情的發生，只是他人生放棄和執著的導火索。關於我年輕時對金錢、名利和權力的一味追求和放棄，是因為我生活中發生了許多事，比如我曾經和朋友偷偷做過倒賣麝香的生意，結果是生意沒做成，陰差陽錯，而我的那個朋友被公安局抓走，被打得遍體鱗傷，最後不得攜妻帶子，離開中國去了羅馬尼亞。凡此種種，你思前想後，最終就因為這次「家禽事件」，明白自己應該放棄對金錢、名利一味的執念，放棄對權力的追求，對當官的痴迷。當這些妄念都如病菌一樣從你的體內排毒剔除後，你的理想就只還剩下文學了。

你就從愛文學還是愛權力的搖擺中堅定下來了。

決定要把自己最大的熱情交給文學，而不是交給讓你敬畏和恐懼的權力了。

因此，到這兒，我的理想就如剝洋蔥樣就僅僅只還有文學了。

第三，我以為——

當我的理想，僅僅還有文學時，寫作成了你的唯一。閱讀成了你最有意味的日常。

於是，你在接近三十歲時——三十而立，開始了扮命的寫作。那時候，我寫小說確實是「短篇不過夜，中篇不過周」。這個寫作速度，簡直就是一部文字的機器。但到了一九九五年，有出版社給你出版你全部作品的文集時，你有機會回頭重新閱讀一下你寫過的全部作品時，你發現你寫了幾十個中篇，可這幾十個中篇，可能講的是一個故事；你塑造了上百個人物，可這些人物大同小異，幾乎也就是一個人物。

你驚呆了，你驚呆了你自己的重複。

你愕然了。你愕然自己的寫作，正在自己畫的文學圓圈中循環往復，以為是不停地前行，其實是在原地踏步。

你很鄭重地對自己的寫作總結說：「你幾乎全部的寫作，都是在生產文學的垃圾！」出版，是對紙張的浪費；閱讀，是對讀者時間的浪費。你開始去反省這些問題。

開始去想「我以為」這三個字。你開始去思考當代中的「中國經典」的革命文學，和

十九世紀的現實主義放在一起比較時，文學中最缺少的就是作家個人的「我以為」。那些小說的思想，是政治、革命和意識形態統一發放的思想，不是作家自己的思想。那些故事中的人物，是被政治「核准」的人物，是統一了尺寸、身高、膚色、衣服和髮型的「統一人物」，而不是世界文學中說的「這一個」。這些小說中沒有作家的「我以為」。甚至連作家個人的影子都沒有。包括許多作家使用的最具個性的語言中，都沒有作家本人的「我以為」，更不要說故事、人物、命運、思想和怎樣寫的方法了。

而十九世紀的世界文學，那些偉大的作家和作品，仔細回想時，他們各有各的不一樣，各有各的「我認為」。但也總是還有那種讓人不滿足的感覺在其中。比如說，有一段時間，我總是覺得十九世紀的文學，偉大燦爛，可又似乎總是那麼老幾樣：人物、命運、故事和豐富複雜的內心世界及恢弘壯闊社會背景。當然，還有他們彼此截然不同的小說語言。比起二十世紀文學來，這讓我有些不滿足。因為二十世紀文學中，作家本人的「我以為」，已經統治、整合了十九世紀中的「我以為」。已經打破了人物、命運、內心、故事和時代背景所組成的作家的「我認為」。在二十世紀文學面前，完全是作家個人的「我以為」，而十九世紀的文學，是被讀者、作家、批評家三者共同建立的「我以為」。

為什麼把托爾斯泰和巴爾札克的寫作認定為十九世紀的兩座高峰（至少中國讀者是這樣認為的）？是因為他們在文學共識的「我以為」中，達到了最高的水準和統一。但二十世紀文學不再這樣「以為」了。二十世紀文學要用作家個人的「我以為」，取代文學共識的「我以為」。各種文學流派的叢生和成長，都是作家要把他個人對寫作的「我以為」，從文學共識（集體）的「我以為」中解救和解放的過程，是一種打破和建立。

在卡夫卡的寫作中，是卡夫卡最個人的「我以為」拯救了卡夫卡，開啟了新的作家最本我的我以為。

卡繆的寫作，與其說是「存在主義」哲學的文學，倒不如說是卡繆文學的「我以為」，成就和建立了卡繆最獨特、本我的「我以為」。

吳爾芙、貝克特、普魯斯特和福克納，還有以後美國文學上世紀黃金期中「黑色幽默」和「垮掉派」，再後來拉美文學中的波赫士·馬奎斯、尤薩和卡彭鐵爾等，他們的偉大之處，都是在文學中最全面、最大限度的表現了作家本人的「我以為」。

整個二十世紀文學，幾乎就是作家本人「我以為」的展台和儲櫃。是一個「我以為」的百寶箱。

回頭來說華語世界最推崇的文學史家夏志清。一部《中國現代文學史》，奠定了

他作為學者和文學史家不可動搖的地位。我們討論這部文學史時，總會說是他重新發現了張愛玲和沈從文，還有錢鐘書的《圍城》。似乎沒有夏志清，就不會有重見天日、再現光明的沈從文和張愛玲。可別忘了夏先生還用極大的篇幅分析、推介了張天翼。其結果，為什麼張愛玲、沈從文今天會紅到幽谷日色，夜有光亮，而張天翼卻依然「默默」，不被讀者提及和閱讀？夏先生是對魯迅持很大保留態度和不以為然的，可魯迅也依然是生命熾熱，被閱讀和被研究。所以我們在尊敬夏先生的《中國現代文學史》時，固然源於他對張愛玲和沈從文的新發現，但就我個人言，我喜歡他的《中國現代文學史》，並不是因為他「滅」了誰或「揚」了誰。而是最終他這部文學史中的「我以為」。

沒有夏志清果敢、清晰的「我以為」，就沒有這部被我們華語世界推崇備至的文學史。沒有這部文學史中的「我以為」，也許就沒有我們大家幾乎人人尊敬的夏志清。

回到小說創作上來，文學史如此，今天、以後的小說創作，又怎能不是如此呢？一部小說創作中沒有作家最本性、最本我、最獨特的「我以為」，那小說其實就不再是小說，而是作家本人的墳墓和棺材。

第四、好小說——

好小說是沒有固定標準的。但一部小說成為「好小說」之後，它的經典意義卻是穩固不變的。如《荷馬史詩》、《神曲》、《唐吉訶德》、《詩經》和唐詩宋詞這些文學作品的經典意義互古不變樣。

讀者對經典和好小說的理解，不是先有了讀者的理解，才有了作家的寫作；才有了這種與讀者的好小說條件相吻的寫作。好小說是在無先決條件之下作者創造出來的，是讓它和讀者在十字路口相遇後熱烈擁抱才成為好小說。閱讀與研究，是好小說成為好小說的開始。無論是閱讀催生了研究，還是研究引領了閱讀，但對作家言，這些都是無從知道的。你只有寫作。只有依著你對好小說的理解（我以為），才有可能寫出好的小說來。

中世紀的《神曲》，十六世紀的《唐吉訶德》，十七世紀的莎士比亞戲劇，十八世紀的《浮士德》，十九世紀太多的偉大作家和作品，都是在作家不知什麼是好小說、好作品中創造出來的。他們的偉大，都各有各的屬於那個時代的「好」，而且每一個屬於

時代「好」的標準，又都在之後的時代變化和修正，但之後又不否定之前時代的偉大和經典。儘管托爾斯泰對莎士比亞有著冷眼和冷語，莎士比亞作品的經典卻絲毫不會受到損害和傷失。但到了二十世紀後，十八、十九世紀那種人物、故事、命運、內心加時代社會的寫作方法，未免有些簡單和老套了，於是間，二十世紀的作家，都在創立自己寫作的「我以為」，有了林立的主義、旗幟和小說法。

甚至說，在二十世紀的文學中，「小說法」的本身就是小說之本身。那麼二十一世紀好小說的標準還會發生變化嗎？是否會覺得二十世紀「主義」過多，也是一種主義的單調呢？

今天，作家本人的「我以為」，是會沿著二十世紀的慣性向前，還是會對二十世紀的「我以為」做出巨大的省悟和反叛？回歸與向前，省悟與背叛，解構與建構，這一些，對今天的作家都是模糊的謎題。毫無疑問，今天的作家，沒有人能知道二十一世紀好小說的標準是什麼，但卻可以知道，二十一世紀的好小說，決然不應該、也不會百分百的還是二十世紀與十九世紀或如同之前那樣的好小說。這時候，一個作家的「我以為」，顯得尤為重要和急迫，艱難和艱辛。因為我們是站在一個新世紀的開埠，是世紀和世紀的文學交接處。所以這裡說的「好小說」，也尤為難能和神祕。

在今天，有別與十九、二十世紀的新的「好小說」，沒有人能夠知道它是什麼樣。

新世紀的「好小說」，像迷宮和燈光一樣引著大家的寫作和探求。正因這樣，寫作才有了意義。文學才有了不死的理由。作家才有了不可懈怠的追求。而當下，無論作家、讀者和批評家，誰對好小說的判斷都是建立在過往寫作的基礎上，而作家要寫的好小說，雖然也建立在過往的基礎上，但卻立腳與意在，可能都是未來的，困惑的，不知的。因此，他全部的努力，都要建立在「以為」上，都是為了今後寫作中的可能與不可能。也因此，對有的作家來說，他知道他今天就能寫出好的小說來，因為他以為他知道什麼是好小說。但對另外一些作家說，他永遠都在尋找和修正他的「我以為」，所以他一生都寫不出他以為的好小說。

第五，我的理想僅僅是寫出我以為的一篇好小說——

於我而言，今年已經五十五歲了——這是一個令人傷感的年齡。以我自己對自己身體狀況的了解，以對我家族的生命遺傳來認識，以對我今天在寫作中時時出現的「力不從心」的程度講，我不能相信我到了七十歲還可以激情澎湃、行走如飛，坐下來就思路

敏捷，可以源源不斷地講述和寫作。人生就是這樣，當你對什麼都不能明白時，你的身體是健康的；而當你明白或接近明白時，你的身體和生命已經日落西山了。就是還可以老驥伏櫪，也不過是夕陽之紅。生命不是最美不過夕陽紅，而是最傷不過夕陽紅。誠實而言，我不能相信我過了六十歲、六十五歲，就是生命中沒有意外、還算健康，也還能和現在一樣，可以在《四書》中那樣堅強地去面對人的境遇和民族的苦難。可以像《炸裂志》那樣激情、諷刺、幽默地去敘述故事和情節——這樣說不是說《四書》和《炸裂志》它們寫得好，而是說，我今後可能寫得愈來愈不好。歲月、年齡、命運，在不出意外時，大約還會給我留有五到十年最好的寫作期。而在這五至十年間，我到底能握筆寫出三本、兩本什麼小說呢？這是我最大疑慮，最大的不安，命運中最大的未知。因為，到現在，你都還沒有在「我以為」中停下腳來，看見什麼，發現什麼，抓住什麼，仍然還是在「不知、懷疑和嘗試」中尋找和奔走。

我的寫作，就是在不知和懷疑中不停地尋找和行走。在這不知、懷疑和行走、嘗試中，我想起中國小說《三國演義》中諸葛亮，和他「六出祁山」裡運送糧草的木牛和流馬。《三國演義》中沒有描寫木牛流馬的設計和建造之過程。但在我的家鄉，在民間的土地上，卻有一個極其神祕的傳說。說中國的木匠之神魯班，最大的願望不是用木頭建

造人類必需的房屋和家具，而是用木頭創造生命。魯班的手藝是那樣精湛和高強。蓋房子，做家具，是因為有了魯班才有了我們今天美好的屋舍和家園。我們今天所有與木頭相關的家具、用具、房舍和大型建築與建造，都是魯班的遺產。然而，魯班一生最大的願望，卻不是為了這些，而是要用木頭創造生命，製作出不用吃草就可以耕地的木牛，不用餵養就可以拉車的木馬——這是我們人類要建造沒有動力就可永遠轉動的機器——永動機最早的夢想。魯班一生的努力，就是要用木頭製造木牛、木馬的生命。如此，他一年一年，十年二十年，終生努力，都是要在命運中找到並繪出製作真的、活的木牛、木馬的祕訣和設計圖。正因為他終生沒有找到這些，他又一生才在尋找和勞作，所以在他年老之後，在他病入膏肓之後，躺在垂死的病床上，為一生對木牛木馬的鑽研、尋找、設計、失敗而感到兩手空空、死難瞑目時，神靈在他的昏迷之中，把設計、製作木牛木馬的圖紙送進了魯班的頭腦。

魯班是在他生命的最後，把木牛木馬的圖紙從他的頭腦中繪製出來而平靜、微笑著離開世界的。我家那塊土地上的傳說講，諸葛亮在戰爭中製作木牛流馬的圖紙，就是魯班的子孫在代代相傳之後，交給了諸葛亮，使諸葛亮製作了木牛流馬，六出祁山，七擒孟獲，建立和鞏固了蜀國。但他的這些豐功偉業中，沒有木牛流馬的建造是不可思議

的。而這木牛和流馬，卻是魯班創作、設計出的木牛流馬圖。

現在，回到這本書的最後。回到我已經五十五歲的寫作上來。在我有限的最好寫作的時期裡，我還沒有那個全新、完美的「我以為」，無異於我還沒有諸葛亮手裡製作木牛流馬的圖。而魯班，他一生都在尋找和設計木牛流馬圖，可在生命的最後設計出來時，生命卻不允許他親手把有生命、會呼吸的木牛木馬創造、製作出來，獻給他所喜愛的世界和人生。我們設身處地地想一想，魯班在他生命結束之前，他能不為沒有親手創造出木牛流馬感到遺憾嗎？他的遺憾，如山如海，我們活著的人，將永遠無法體會。而寫作，是一個個體的勞動。是無限放大「自我」的過程。從這個角度去說，也是個人價值最大的實現之過程。所以，我還希望在我最好的寫作時期裡，能讓我如魯班樣最後創造、設計出木牛木馬圖紙來，讓我找到那全新、完美的「我以為」，並且，還要像諸葛亮那樣製作、創造出一個、一架文學的木牛流馬來。

也因此，我才這樣說：我最大的理想，是在我的人生中僅僅寫出一篇或一部我以為的好小說。

僅此而已，僅此而已。

最後讓我用佛教中最流行的幾句歌詞，來作為這本書的結束語：

放下你所有的收穫，

收回你所有的期待。

記住愛你的親人，

感謝幫你的鄰居，

向你的朋友作揖，

跪謝養你的土地。

如此而已，如此而已。

文學叢書　408

INK
PUBLISHING
沉默與喘息——我所經歷的中國和文學

作　　　者	閻連科
總　編　輯	初安民
編　　　輯	宋敏菁
美術編輯	林麗華
校　　　對	吳美滿　宋敏菁

發　行　人	張書銘
出　　　版	**INK** 印刻文學生活雜誌出版有限公司
	新北市中和區建一路 249 號 8 樓
	電話：02-22281626
	傳眞：02-22281598
	e-mail：ink.book@msa.hinet.net
網　　　址	舒讀網 http：//www.sudu.cc

法律顧問	漢廷法律事務所
	劉大正律師
總　代　理	成陽出版股份有限公司
	電話：03-3589000（代表號）
	傳眞：03-3556521
郵政劃撥	19000691　成陽出版股份有限公司
印　　　刷	海王印刷事業股份有限公司

港澳總經銷	泛華發行代理有限公司
地　　　址	香港筲箕灣東旺道 3 號星島新聞集團大廈 3 樓
電　　　話	(852) 2798 2220
傳　　　眞	(852) 2796 5471
網　　　址	www.gccd.com.hk

出版日期	2014 年 8 月　　初版
ISBN	978-986-5823-84-9

定　　價　280 元

Copyright © 2014 by Yan Lian Ke
Published by INK Literary Monthly Publishing Co., Ltd.
All Rights Reserved
Printed in Taiwan

國家圖書館出版品預行編目資料

沉默與喘息：我所經歷的中國和文學
／閻連科著 --初版,
--新北市中和區：INK印刻文學,
2014.08　面；14.8 × 21公分.（印刻文學；408）
ISBN　978-986-5823-84-9（平裝）

855　　　　　　　　　　　103012027